내가 너에게 건하

내가 너에게 닿을 꿈

설재인 장편소설

자이언트북스

차례

프롤로그

"이종옥 씨. 흐음. 곱게 잘 사셨네."

'곱게 잘 사셨다'는 게 무슨 말인지 도통 알 수 없었지만 일단 종옥은 고개를 끄덕였다. 쪽수에서 밀리니 말을 잘 듣는 척해야 했다. 저 양반들이 남자인 겨, 여자인 겨. 눈을 가늘게 뜨고서는 눈앞에 비스듬히 앉은 사람들을 쳐다보았다. 조악한 갓을 쓰곤 뻔뻔스럽게 부채질을 하고 있는 양반들. 아마 백날 더 쳐다봐도 성별에 대한 결론은 나지 않을 성싶었다. 게다가 성별에 대한 의문을 가지면 가질수록 성주가 떠올랐다. 우리 성주. 세상에서 가장 이쁜 이종옥의 강아지 고성주. 그러나 남들은 종종 성주를 보고 수군거렸다. "남자야 여자야? 아무리 봐도 모르겠어." 빌어먹을 새끼들. 종옥은 생전의 일들을 떠올리다가 자기도 모르게 혀를 끌끌 차고 말았다. 우리 성주가 얼마나 이쁜데. 얼마나 착하고 참하고 야무지고 눈도 코도 입도 잘생기고……

"특히 1998년에 크게 좋은 일 하나 하셨네요."

그때 뭘 했더라. 종옥은 기억이 가물가물했다. 가장 가운데 앉은 양반이 부채를 착 소리 내며 접더니 말했다.

"그래서 소원을 하나 들어드립니다."

"뭐여, 진짜?"

내심 무슨 벌을 받을까 조마조마해하며 빠르게 삶을 되돌려보고 있었는데 상이라니.

"예. 뭐 물론, 들어드릴 수 있는 소원인지 저희끼리 좀 논의를 해야 하지만요. 보통 착한 일 하셔서 소원 수리권 얻으신 분들은 또, 별로 허무맹랑한 건 안 바라시더라고요. 당연히 양심이 있으신 분들이더랍니다."

"나는 하나밖에 없는데."

"뭡니까?"

종옥은 작년엔가 봤던 티브이 방송을 생각했다. 그 방송에선 밥을 먹기 싫다며 목구멍에 손가락을 넣고 토하는 여섯 살짜리 아이가 나왔다. 소아 정신과 의사가 아이를 진단하는 걸 보고 성주는 훌쩍거렸다. 옆에 앉은 종옥은 기가 막힌다는 표정으로 예쁜 강아지, '우리 성주'를 노려보고 있었다. 저년이, 내가 얼마나 잘해줬는데 누가 보면 굶긴 줄 알겠어.

"우리 성주가, 그러니까 저, 우리 손녀딸이 밥을 먹었으면 좋겠어."

"밥을요?"

"응, 그러니까, 쌀밥을. 애가 곡기를 끊은 지 이 년이 넘었어."

"곡기를 끊어요?"

"근데 왜 안 죽고 살아 있지?"

오른쪽 끝에 앉은 갓쟁이가 끼어들었다. 종옥이 휙 그쪽으로 고개를 돌려 도끼눈을 했다. 내 새끼가 죽긴 왜 죽어.

"다른 건 먹어. 야채도 먹고 고기도 먹어. 그런데 밥을 안 먹어. 한 숟갈도 안 먹어. 아니 저, 사람이 밥을 안 먹고 어떻게 살아, 힘없어서. 우리 성주가 그렇게 효녀인데 밥만은 내가 무릎을 꿇고 싹싹 빌어도 안 먹었어. 하루 반 공기라도 먹게만 해줘. 그게 내 유일한 소원이요, 응."

양반들이 종옥에게서 등을 돌리고 모여서는 쑥덕거렸다. 중앙에 있는 무언가를 손으로 가리키고 누군가는 손가락을 접으며 계산을 했다. 잠시 그러더니 다시 돌아섰다. 종옥이 뭐라 말하기도 전에 가운데의 갓이 말했다.

"저희가 최대한 살펴봤는데요, 그건 불가능하겠습니다."

"뭐?"

"고성주 씨 속을 좀 들여다봤는데요, 밥에 대한 거부감이 너무 높아요. 하루 반 공기는 아주 무리한 부탁이야. 들어드릴 수 없어요."

종옥은 입을 딱 벌렸다.

"니들 저승사자잖어?"

"맞는데요. 저승사자도 못하는 건 못해요."

"안 먹으면 죽인다고 협박이래두 해봐."

"그러면 차라리 그냥 죽어버릴 인간인 것 같은데요, 고성주 씨는."

썩을 년…… 종옥은 눈을 질끈 감고 중얼거렸다. 내가 전생에 무슨 죄를 지어서 그 썩을 년을 손녀랍시고 이쁘다며 물고 빨고……

그러다가, 눈을 뜨지 않은 채로, 그리고 이마저 앙다문 채로, 잇새로만 작게 중얼거렸다.

"……그럼 빵은?"

"예? 이종옥 씨, 잘 안 들립니다."

"그럼, 빵은." 가슴이 답답했지만, 빵 따위는 한국 사람에게 절대로 끼니가 될 수 없다고 굳게 믿었지만, 이 방법밖에는 없었다. "그년이 쌀밥은 안 먹어도 가끔 빵에는 환장을 혀. 그런 날들이 있어. 식탁에 앉지도 못하고 싱크대에 서가지고서는 눈깔이 휙 돌아서 빵을 막 쑤셔넣을 때가 가끔씩 있었다구. 그러니까 그건 좀 거부감이 덜 한 거 아니여? 그럼 우리 성주가 빵을 무조건! 매일 하나씩만 먹게 해줘. 그건 들어줄 수 있는 소원이여, 안 그려?"

또다시 모여 쑥덕거리더니, 꽤 오랜 시간이 지난 후에 답이 나왔다.

"매일은 안 되지만 수치로 예상해보니 일주일에 두세 개 정도는 될 것도 같네요."

"아이고 씨발, 빵이 밥이냐 이년아……"

"별로시면 취소할까요?"

종옥은 손을 내저었다.

"아니, 됐어. 고맙소. 일주일에 두세 개, 그려, 그것만이라도 먹게 해줘요. 근데 당신네들이 약속을 지키는지는, 내가 어떻게 알지?"

그러자 저승사자들은 말했다. 원하는 사물에 깃들어 이승을 관찰할 수 있게 해주겠다고. 딱 아홉 달, 세 계절 동안.

"그러면 우리집 거실에 목 달아난 트로피 하나가 있는디, 거기 나를 넣어주쇼."

"으음…… 그래요. 근데 목이 왜 달아났어요? 흉하게."

종옥은 킁, 하고 콧물을 삼켰다.

"내가 부쉈걸랑."

01

호상이라고 사람들은 말했다. 손녀를 그렇게 예뻐라 하더니 죽을 때에도 고생시키지 않고 금방 곱게 갔다면서. 화장터의 예약이 밀려 어쩔 수 없이 사일장을 지내야 했는데 그걸 핑계 삼아 마을 어른들은 신나게 밀려들어 와자지껄 술을 마셨다. 이틀째 되던 일요일 오전엔 어떤 사람이 들어오자마자 영정에 절도 안 올리고 테이블에 떡하니 앉아 아주머니, 여기 식사 두 개랑 수육 많이, 라고 말했다. 이게 무슨 경우인가 싶어 노려보다 깨달았다. 아, 어제도 왔던 사람이었구나. 아랫마을 아저씨의 사촌의 옆집의 절친이었나 뭐였나, 하는 사람이었다. 그에게 장례식장은 그저 가성비 좋은 술집일 뿐이었다.

찝찝했다. 식장은 난방이 너무 셌고, 대여한 검은색 상복은 그럴듯해 보였지만 흡습이며 통풍이 하나도 되지 않았다. 한파가 막바지 기승을 부리는 2월에 겨드랑이며 사타구니에서 축축하게 살냄새를 풍길 줄이야. 성주는 육촌동생에게 잠시 자리를 맡긴 후 복도로 나가, 변변찮은 장의자에 그대로 무너졌다.

할머니, 아무래도 그 말이 맞았었나봐. 그놈의 운동 백날 해봤자 사는 데 쓸모 하나도 없다던 할머니 말. 성주는 두 팔에 얼굴을 묻고 속으로 중얼거렸다. 체력은 최고라고 생각했고 그게 자존심이었는데 왜 몸이 이렇게나 힘들지 할머니. 나별로 울지도 않았는데. 입관할 때 말고는 멀쩡했는데. 동네 어른들도 다 웃으며 보내드리잖아. 근데 온몸이 다 쑤시고 숨이 잘 쉬어지지 않아. 할머니, 복수야? 내가 할머니 말 안 들었다고 지금 죽어서까지 심술부리는 거야?

토할 것 같았다. 당이 떨어지고 온몸이 부들부들 떨리는 게 느껴졌다. 주먹을 쥐려고 했는데 손목에조차 힘이 가지 않았다. 이게 무슨 일이야. 성주는 엎드려서 신음했다. 이렇게까지 힘들 일이야?

사람들은 어떻게 이렇게 힘든 일을 해내는 것일까. 장례 절차에 대해 여기저기서 도와주려는 마을 사람들이 많았지만 성주는 그 어른들이 조금은 무서웠다. 아마도 그들과 할머니

사이에 오래 퇴적된 애정이 징검다리가 되어주었겠지만, 그 래서 아무렇지도 않게 그들은 이쪽으로 건너왔겠지만 성주에 겐 아니라서. 성주는 그 다리가 어떻게, 언제 생겼는지도 모르는데 사람들은 할머니가 사라지자마자 성주가 있는 섬에 건너와 구덩이를 파고 아무데서나 불을 피우려 드는 것 같았다. 그러면서 성주에게 말하는 것이다. 너 인마 이런 것도 없이 어떻게 살았냐? 인마, 고개 들고 어깨 펴고! 이젠 네가 혼자 척척 살아야 할 것 아니냐, 어? 네 할머니가 이러라고 널 가르친 줄 알아? 이제 사람 구실해야 할 거 아니야?

"저기…… 저기요. 저기요!"

누군가 성주의 등을 툭툭 쳤다. 성가셔서 꿈쩍을 안 했더니 어깨를 움켜쥐고 마구 흔들었다. 성주는 고개를 번쩍 들었다. 너무 힘들어서 웬만하면 무시하려 했는데, 어깨가 뻐근해질 정도로 악력이 강했다.

그러나 막상 눈앞에 선 사람은 강낭콩처럼 생긴 아이 하나와, 어깨쯤까지 오는 긴 머리를 질끈 묶은 중키의 젊은 남자 하나였다. 성주의 어깨를 잡은 것은 남자 쪽이었다. 몸을 일으킨 성주는 목을 한 바퀴 돌렸다. 뿌드득, 하는 소리가 났다. 아니 그런데, 그 강한 악력이 저 수수깡처럼 똑 부러질 것 같은 팔에서 나왔다고?

"언니. 아무데서나 자면 안 돼요. 어디 아파요?" 상복을 입은 강낭콩이 또박또박 물었다.

"응, 아니 괜찮아, 고마워……" 성주는 강낭콩의 나이를 가늠했다. 여섯 살? 일곱 살? "넌 어디 조문 왔니? 아니면……" 묻자마자 후회했다. 상복을 입고 있는 걸 빤히 봤으면서, 참 바보 같은 질문을 뱉었다.

"저 4호실이요. 언니 바로 맞은편. 돌아가신 건 우리 엄마고요, 근데 아빠는 지금 비행기를 타고 와야 되는데, 늦는대요."

성주는 뭐라 답해야 할지 몰라 강낭콩을 물끄러미 바라보았다. 어떻게 저토록 태연해, 마음의 준비를 얼마나 오래했기에. 묻고 싶었지만 강낭콩의 둥근 눈과 아주 긴 속눈썹, 그리고 여름의 것 같은 피부색이 성주를 다스렸다. 직업 덕인지, 성주는 조심하는 것에 능했다. 한국 사람들이 잘 못하는 것.

강낭콩은 엄마의 입관을 아주 많이 힘들어했다. 강낭콩이 지켜봐야 했던 입관 시간이 종옥의 발인보다 앞이었던 게 다행이었다. 발인 전 몇 시간 동안이라도 성주가 보살펴줄 수 있었으니까. 입관을 보고 난 강낭콩은 씩씩하고 단단한 척하던 때와는 달랐다. 성주가 꿉꿉한 냄새가 피어오르는 몸으로 화장실 칸에 앉아 있는데, 강낭콩이 들어와 오열하며 먹은 걸

토하기 시작했다. 성주는 일을 대충 마무리한 후 뛰쳐나가 강낭콩의 등을 두드려주었다.

확실히, 이 장례식장의 입관 절차가 좀 터프하긴 했다. 유리로 막힌 벽 안에서 시연하듯 염을 하는 다른 장례식장과는 달리, 머리카락이랑 얼굴 만지면서 마지막 인사 하세요, 라고 사체를 아무렇지 않게 들이미는 스타일이었다. 성주는 말린 빵 껍질 같은 외조모의 얼굴을 쓰다듬으면서, 우리 할머니 이제 내 걱정 하지 말고 편히 하고 싶은 일 하면서 지내셔, 좋아하시는 거 하면서, 사랑해 할머니, 하고 눈물을 방울방울 흘렸지만, 강낭콩같이 나이 어린 아이에게는 꽤나 무섭고 두려운 작업이었을 터였다.

"애린아, 박애린. 괜찮아. 엄마, 귀신 안 돼. 괜찮아, 괜찮아."

화장실 문밖에서 남자의 목소리가 들려왔다. 그때의 그 머리 긴 수수깡이었다. 조금 진정한 애린의 얼굴을 닦아주고 함께 나가자 수수깡은 발을 동동 구르고 있었다.

수수깡의 이름이 박도연이며 애린의 삼촌이라는 사실은 함께 애린을 진정시키며 비로소 알게 되었다.

02

항만군은 아주 많이 좁은 곳이었다. 읍내를 돌아다니다보면 삼 분에 한 번씩 아는 사람들을 만날 수 있는. 그러니 항만군 미송면 금꽃길 장례식장에서 만났던 애린을 3월 새 학기에 미송 초등학교 돌봄반에서 마주치는 것 역시 그렇게 부자연스러운 일은 아니었다.

돌봄반에 새로 들어온 아이 열다섯 명 중 양쪽 부모 모두 외국인인 아이가 셋, 한쪽이 외국인인 아이가 열이나 되었다. 애린은 후자의 경우였다. 이미 세상에 없는 엄마가 외국인이었다.

만약 장례식장에서 먼저 보지 않았다면 애린은 그렇게 눈에 들어오는 아이가 아니었을 터였다. 돌봄반에는 말 그대로 돌보아야 할 아이가 너무 많았기 때문에, 의젓하고 자기 앞가림 할 줄 아는 아이는 자연히 가장자리로 밀려나기 마련이었다. 의자에 일 분도 앉아 있지 못하는 아이, 화장실 가겠단 말을 하지 못해 바지에 싸버리는 아이, 한국에 온 지 얼마 안 되어 손짓 발짓으로 의사소통을 해야 하는 아이, 툭하면 주먹질을 일삼고 어른조차 못할 욕설을 내뱉는 아이, 사타구니를 책상에 비비며 자위를 하는 아이…… 돌봄반에서 오래 일한 성주는 여덟 살 아이들의 그런 미숙함이 너무나 자연스럽고 당연하며 국적을 불문하고 보편적이라는 사실도, 그러나 밖에서 흘겨보는 '순혈' 한국인들은 그걸 출신의 탓으로 돌리며 쉽사리 혐오한다는 사실도 알고 있었다. 그래서 성주는 어려움을 겪는 아이들을 더 챙겨주느라 애를 썼다. 미움받는 것에 익숙한 1학년들은 담임 앞에서는 멀쩡한 척 굴다가도 오후에 돌봄반에만 오면 긴장을 탁 풀어버리곤 했다. 그런 아이들에게 성주는 더 많은 손길을 줘야 했다. 그러려고 그 직업을 택했으니, 힘들어도 버텼다.

그리 바빴으니 애린에게, 선생님은 애린이 만난 적 있는데 애린이는 선생님 기억하니, 라고 물을 짬이 난 것은 애린이 입학하고 오후를 돌봄반에서 보낸 지 무려 일주일이나 지난 후였다. 애린은 기다렸다는 듯 세차게 고개를 끄덕였다.

"그때는 아팠는데 지금은 쌩쌩해서 좋아요."

"애린이가?"

"아니요, 쌤이요."

◇

　돌봄반 아이들의 부모는 대부분 아주 바빴다. 성주는 각 반의 담임들과 아이들을 통해 각각의 가정환경에 대한 아주 작은 조각들을 얻어 바느질하듯 연결해야 했다. 그것이 매해 돌봄 업무의 시작이었다. 아이가 어떤 가정에서 어떻게 살아왔는지를 이해하는 것. 그러나 아이들은 표정을 잘 숨겼고, 저 여자가 아무리 살갑게 다가온다 해도 자기 생에서 그다지 위대한 권력을 가지진 못할 가능성이 크다는 사실을 본능적으로 감각했기에 솔직해지지 않았다. 그 마음의 벽을 깨는 데에만 반년이, 혹은 일 년이 걸릴 수도 있었다. 확실히 2학년, 3학년, 그 이상이 된 아이들은 성주에게 마음을 많이 맡겼다. 담배를 피우는 중학생이 되어도, 밤마다 오토바이를 모는 고등학생이 되어도 멀끔한 척하며 성주를 찾아오는 아이들이 있었다. 그 가끔의 순간들이 가로등 빛 같아서 성주는 길을 잃지 않았다.

애린의 경우엔 퍽 수월해 보였다. 애린이 말을 워낙 또박 또박 잘했으니까. 부모는 엄마의 고향에서 만났고, 결혼한 후 한국에 들어왔단다. 애린의 아빠는 계속해서 한국과 그 나라를 오가며 일을 하고 있다고 했다. 듣자 하니 일 년 중 거의 대부분의 시간을 외국에서 보내는 모양이었다. 그럼 평소에는 누구랑 같이 살아? 성주가 물었더니 애린은 삼촌이요, 라고 말했다. 장례식장에서 만났던 수수깡의 이야기였다. 애린은 삼촌의 이야기만 나와도 몸을 배배 꼬며 보조개를 만들고 웃었다. 그렇게 좋아? 성주가 묻자 고개를 끄덕였다. 삼촌은 잘하는 게 아주 많아요. 그러면서 줄줄이 늘어놓는 그의 재능들이 사실은 어찌 보면 너무 작고 하찮은 일상생활의 부스러기들이라 오히려 더 귀여웠다. 머리 예쁘게 묶기, 맘에 쏙 드는 옷을 골라주기, 맛있는 거 많이 해주기, 함께 오래 놀아도 지치지 않기, 사람들 얼굴을 잘 기억하기.

"쌤 사실은요, 우리 삼촌이랑 저랑, 쌤 옛날에 본 적 있어요."

"응?"

성주는 애린이 무슨 말을 하는지 이해하지 못해 멍청한 목소리로 되물었다. 애린의 표정은 익숙했다. 아주 오래 묵혔던 말을 드디어 내뱉는 아이의 것이었다. 자기 딴에는 엄청난 비밀을 이야기한다는 긴장감과 기대감에 가득찬. 그래서 성주는 눈을 동그랗게 뜨곤 잔뜩 궁금한 표정을 지었다. 무슨 말이 나오든 까무러치게 놀란 것처럼 연기할 마음의 준비를 하고선. 속으로는 뭐, 읍내 농협 하나로마트 같은 데서 지나가다 봤나보다, 라고 생각했다.

근데 진짜로 까무러칠 줄이야.

"쌤 호수공원에서 싸웠잖아요. 코피 철철 나고 그래서 병원 실려갔잖아요. 그때 삼촌이랑 봤는데."

종옥은 생전 성주를 때린 적이 없었다. 내복 바람으로 밖에 세워놓은 적도, 소리를 버럭 지르거나 물건을 집어던진 적도, 밥을 굶기거나 팔다리가 후덜덜 떨리도록 벌을 세운 적도 없었다. 종옥은 성주를 예쁜 짓만 하는 고양이 대하듯 '모시며' 키웠다. 동네에서 그토록 애지중지 큰 아이는 한 명도 없었다. 그래서 성주는 그렇지 못한 대부분의 사람들에게 약간의 미안함을 느끼기도 했다. 내가 뭐라고 이렇게 다정한 양육자 밑에서 행복하게 사는 건가. 아마 그 마음 때문에 돌봄 교사 일을 시작했는지도 몰랐다. 과분하게 받은 걸 물려주고 싶은 마음이랄까, 아마도 그런 이유로.

그렇게 큰소리 한 번 듣지 않고 컸는데 한 이 년 전쯤부터 인가, 종옥은 성주를 붙잡고 자주 외치게 되었다. "할머니가 뭘 잘못했기에 네가 그러니? 응? 우리 이쁜 내 새끼가, 응? 할머니가 다 잘못했다, 막 화가 나면 할머니한테 욕도 하고 그래라, 응?"

"할머니가 잘못한 게 아니라니까 자꾸 왜 그래."

"근데 왜 그런 짓을 하고 댕기냐!"

"'그런 짓'이 아니라 운동이라고, 할머니! 내가 하고 싶어서 하는 거라고! 스포츠라고, 스포츠!"

그러면 종옥은 주먹으로 자기 가슴을 두드리며 고함을 토했다.

"지랄하네! 여자들끼리! 쥐패고! 처맞고!"

복싱을 하는 걸, 프로까지 단 걸 종옥에게는 용케 잘 숨겨 왔었다. 코뼈가 부러지던 날 직전까지는. 그러나 얼굴 한복판에 부목과 붕대로 '나 코뼈 부러졌어요'라 외치는 광고판을 붙인 채 집에 돌아왔으니 그때부턴 어떻게 변명을 할 수가 없었다. 게다가 분해서 훌쩍거리며 울고 있었으니.

코뼈가 부러진 그날의 시합은 여자 한국 챔피언 결정전이었다. 관장인 염인봉이 정말이지 무진 애를 써서 잡은 기회였다. 이겨야 했다. 무조건. 그리고 성주는 자신이 이길 거라고 생각했다. 자신 있었다. 시합도 의도한 대로 잘 풀렸다.

4라운드까지만 해도 자신이 모든 라운드를 가져갔다고 생각했다. 4라운드 중반까지만 해도.

딱 한 대 크게 잘못 맞아 뒤로 넘어갔는데, 링 닥터가 그 즉시 시합을 중단시켰다. 항의해도 들은 척을 하지 않았다. 그렇게 어이없이 패했다. 자신은 계속 싸울 수 있다고 말했는데 똥구멍으로도 안 듣고 두 팔을 흔들며 시합 중지를 외쳤다. 그깟 코뼈 아무것도 아니었는데. 그 겁쟁이 닥터 새끼가.

분명 상대편에게 봉투라도 받은 게 분명해. 다 지고 있던 경기를 이딴 식으로 먹으려 들다니. 링에서 내려온 성주는 이를 박박 갈면서 울었다. 인봉이 등을 툭, 두들기더니 미안하다고 그랬다. 성주야, 내가 시합장이며 식사 자리며 더 많이 다니고 협회 사람들 많이 만나고 밥도 술도 더 많이 사고 해서 기초를 좀 다져놨어야 하나보다. 나 때문에 졌다, 성주야. 나 때문에. 내가 정치를 못해서.

기회는 자주 오는 게 아니고 패배의 기록은 치명적이었다. 어쩌면 다시는 챔피언 결정전 같은 무대에는 오르지 못하게 될지도 몰랐다. 돈도 사람도 돌지 않는 여자 프로 복싱 판에서는 단 한 번의 패배가 커리어를 늪으로 빠뜨리기 일쑤였다.

차라리 정정당당하게 졌다면 성주도 인봉도 그렇게까지 상처받진 않았을 터였다. 졌지만 잘 싸웠다, 하고 웃을 수 있었을 것이었다.

아이고, 우리 성주가 얼마나 쌓인 한이 많았으면 저렇게 사람 패는 운동을 하고 다닐까. 이미 대전료까지 받는 프로 선수가 된 지 꽤 오래라는 사실을 알자 종옥은 눈물을 철철 흘렸다. 몇 년을 저렇게 때리고 맞고 한 걸까. 할머니한테는 한마디 말도 안 하고. 나는 그것도 모르고 우리 성주는 나한테 숨기는 게 없다고, 이렇게 외손녀랑 친한 사람 본 적 있느냐고 동네 사람들 앞에서 으스대며 다녔네.

그러나 성주는 들키고 나자 오히려 과감해졌다. 절대 하지 말라고, 당장 그만두라고 소리를 지르는 종옥의 서슬에도 아랑곳하지 않았다. 아니, 한술 더 뜨기 시작했다. 더 낮은 체급으로 내려가면 뒤로 넘어가고 코뼈가 부러질 일 같은 건 다시 생기지 않을 거라며, 체중을 악착같이 빼기 시작했다. 쌀밥을 완전히 끊고 반찬만 깨작거리고, 해도 뜨지 않은 새벽마다 나가서 가로등도 없는 길을 미친 사람처럼 뛰었다.

종옥으로서는 환장할 노릇이었다. 저렇게까지 말을 안 듣는 건 처음이었다. 언제나 자라고 하면 코 자고, 먹으라 하면 야무지게 먹는 아이였는데.

하지만 종옥이 잘 몰랐던 사실.

코 자고 잘 먹고 말 잘 듣던 성주는 어렸을 때부터 공주들을 사랑했다. 하필 둘 다 '주' 자 돌림이야. 그런 말도 안 되는 이유를 들면서 공주란 개념과 자신은 서로 운명이라고 생각했다. 매일같이 거울을 보며 예쁜 표정을 짓는 여섯 살짜리 성주를 보며 저런 공주병 걸린 여시를 또 봤나, 하고 종옥이 장난스레 혀를 찰 정도로. 어른들 앞에서는 고개도 제대로 들지 못하면서 거울 앞에서는 방긋방긋 미소를 연습하는 아이를 보면서 종옥은 푸푸 소리를 내며 웃기도 했다.

성주가 사랑하는 건 그냥 평범한 공주가 아니라 '이기는 쎈 공주'였다. 드레스를 벗어던진 채 공룡들 사이에서 투구 쓰고 헤딩하던 축구 천재나 힘이 장사여서 남자애들을 마구 집어던지던 여고생 전사, 울창한 숲속을 마구 달리고 창을 휘두르는 추장의 딸 같은. 몸을 날래게 잘 쓰고, 성격이 호탕하고, 싸움이 벌어졌다 하면 남자건 악당이건 축구공 차는 공룡이건 다 이겨버리는, 그런데 얼굴마저 아름다워서 인기를 누리는, 그런 공주님들. 다른 사람 앞에서 자기주장만 할라치면 입이 슬그머니 얼어버리는 성주는 비디오테이프 속 야무진 공주님들을 무한히 동경했다.

나는 그 공주님이 될 얼굴은 아니구나, 라고 깨달으며 잔잔한 슬픔을 겪은 건 여드름이 피어나던 열세 살 때부터였다. 뭇사람들이 말하는 미의 기준을 학습하면서 성주는 자기 얼굴을 객관적으로 보게 되었다. 썩 잘 배치되지 못한 이목구비가 자꾸만 눈에 들어와서 거울을 보기가 싫어졌다. 고등학생이 되어서는 친구들을 따라 산 화장품을 몰래 찍어 발라보기도 했지만 성주는 손재주도 영 시원찮았다. 가끔은 안 바르느니만 못한 결과물이 나오기도 했다. 그러면 종옥에게 들켜 놀림을 당할까 두려워 손으로 얼굴을 가린 채 빠르게 화장실로 뛰어가 얼굴을 씻었다.

　그래서 성주는 어느 순간부터 타협하게 되었다.

　나는 '이기는 쎈 공주'는 될 수 없구나.

　그러나, 그러나 아예 백 퍼센트 불가능한 건 아니야……

　'이기는 쎈' 정도는 이룰 수 있지 않을까?

　"무슨……"

　지금까지 이러한 성주의 사고 흐름에 대해 들은 건 인봉뿐이었는데 인봉은 기가 차단 표정으로 팔짱을 낀 채 성주를 한참 처다보더니 말했었다.

　"내가 지금까지 들은 입문 계기 중에서 제일 어이없다, 야."

그러자 성주는 대답했다.

"그래도 나만큼 열심히 하는 선수 키운 적 없잖아요, 관장님. 그러니, 어린 시절의 롤 모델이 얼마나 중요한 거예요?"

물론 오래 본 염인봉 앞에서나 그렇게 또박또박 이야기했지 다른 이 앞에서는 물끄러미 신발코만 바라보기 일쑤였다.

03

성주는 퍼뜩 눈을 떴다. 아니, 눈을 떴다고 말하기에는 무리가 있었다. 뜨이지 않았다. 눈두덩이 너무 붓기도 했고, 한때는 진득했을 눈곱이 버석버석하게 말라 눈구멍을 덮고 있었다. 손을 들어 대충 눈곱을 떼어내고 무거운 눈꺼풀을 들었다. 얼굴을 베개에 묻고 잤는데, 그래서인지 베개는 하나도 마르지 않아 있었다.

주중에는 다음날의 출근을 생각하며 눈물을 참을 수 있었다. 눈물을 참기 위해서 쉬지 않고 핸드폰에 저장된 프로 선수들의 경기 영상을 봤다. 이틀 전 경기든 이십 년 전 경기든, 혼자 있는 시간을 채울 수만 있다면 중요하지 않았다. 6라운드짜리 언더카드에 12라운드짜리 메인 매치를 이어 보면 비로소 잠이 조금씩 콧구멍을 통해 기어 들어왔다.

그러나 금요일에는 잠이 오지 않았다. 눈물 총량의 법칙 따위가 있어서, 평일에 참은 눈물이 다 금요일 저녁에 쏟아지는지도 몰랐다. 아니면 고요한 집안에서 누구의 언어도 가닿지 않는 성주의 뺨이 너무 건조해서 두 눈이 제멋대로 비를 내리는 건지도 모르고.

왜 깬 거지.

성주는 생각했다. 그리고 다시 눈을 감으려는 찰나에, 초인종이 울렸다.

아. 제발, 제발.

눈을 질끈 감고 두 다리로 이불을 팡, 팡 내리쳤다. 초인종은 또 한번 울렸고, 조금 있다가는 현관문을 쿵쿵 두드리며 성주의 이름을 부르는 소리가 들렸다. 누군지 알았지만, 아마 성주를 걱정해서 온 것이겠지만, 그래도 딱히 얼굴을 보고 싶지는 않았다. 성주는 기다렸다. 기다리면서, 주문을 외듯 중얼거렸다.

가세요.

제발 가줘요.

저는 지금 밖에 있어요.

아침 운동 갔어요. 집에 없어.

밖에서 초인종을 누르는 이가 성주의 숨소리도 인기척도 듣지 못할 걸 빤히 아는데도 성주는 일부러 죽은 듯 늘어졌다. 진득한 콧물이 엉겨 양쪽 콧구멍을 온통 막고 있어서 호흡이 제대로 되지 않았다. 기침이 나오려 하길래 뱃가죽과 목구멍에 힘을 꾹 주며 눈을 감았다. 입을 조금 벌려 간신히 산소를 들이마셨다.

어린애가 그리 숫기가 없어가지고 사람 구실이나 하겠냐?

숫기가 없는 거냐 싹바가지가 없는 거냐?

나중에 뒤통수나 안 치면 다행이지 뭐야. 애가 표정이 영 의뭉스러워.

종옥을 제 가족처럼 사랑하는 종옥의 친구들은 밭두렁이나 마을회관에서 성주를 두고 쑥덕거렸다. 종옥이 눈을 시퍼렇게 뜨고 보고 있을 땐 실실 미소를 지으며 성주의 뒤통수를 쓰다듬고 까까 사 먹으라며 꼬깃꼬깃한 천원짜리를 쥐여주려 들었지만 돌아서면 그렇게 입방아를 찧었다.

사실 그 할머니들은 종옥이나 성주가 그 말을 전해 듣지 못할 거라고는 전혀 생각지 않았을 테다. 그 작은 동네에서, 누군가 한마디 뱉은 말이 기화되어 은은히 공기 중을 떠다니다가 다음날 새벽이슬처럼 시치미를 뚝 떼고 온 동네 온 집안의 마당을 적셔버리는 그런 곳에서. 그러나 성주는 아직 어리고 가뜩이나 숫기도 없어서 막 대하기 쉽기 때문에, 그리고 종옥은 이해심이 너무나 많고 웬만한 일은 웃어넘기기 때문에 그 할머니들은 별생각을 하지 않았다. 아마 할머니들은 자신이 성주에게 큰 상처를 주고 있다는 걸 알았다면 당장에 호박씨 까는 짓을 그만뒀을 것이다. 그러나 할머니들은 잘 몰랐다. 몰라서 그렇게 행동했다.

"그 할머니들이 있잖아, 너무 많이 상처를 받아서 굳은살이 잔뜩 박였거든. 그래서 남도 그렇게 살이 딴딴할 거라고 생각을 해. 찔러도 안 들어갈 거라고 생각을 해. 할머니들이 우리 성주를 싫어해서 그러는 게 아니여."

어린 성주는 속상한 티를 잘 내지 않았지만 종옥은 용케도 눈치를 채곤 했다. 그런 날마다 읍내에 나가서 맛있는 빵을 잔뜩 사줬다. 평소에는 빵 대신 밥 먹으라고 잔소리를 하면서, 꼭 성주가 속상할 때만 그렇게 해주었다. 그러고는 성주를 꼭 안고 말했다. 화나도 웃을 필요는 없어. 싫으면 할머니가 그 할머니들 집에 안 부를게. 마음이 가는 대로 해. 마음이 편한 대로 해.

물론 성주는 종옥이 자신과 성격이 전혀 다른 사람이란 걸 머리가 굵어지면서 금세 알았다. 종옥은 사람을 좋아하는 사람, 사람이 없이는 못 사는 사람이었다. 그러니 쪼그만 손녀 때문에 친구를 집에 불러들일 수 없게 된다면 보통 슬픈 일이 아닐 터였다. 성주는 그때 침을 꿀꺽 삼키곤 결심했었다. 할머니 불편하게 해드리지 말아야지. 할머니 인생의 낙을 내가 가로막지는 말아야지. 그리고 그 이후로 꽤 오랜 세월 동안 성주는 어떻게든 희미하게라도 웃으며 종옥의 친구들에게 최악의 손녀로는 보이지 않도록 노력을 해왔다.

적어도 자신을 품은 것을 종옥이 후회하지는 않도록.

성주가 예상하지 못했던 장면은 그들이 죽은 종옥에게도 너무나 각별한 우정을 지니고 있어서, 혼자 된 성주에게 온갖 오지랖을 부리고 싶어 안달할 게 빤하다는 것이었다. 가뜩이나 어린 시절부터 다른 이와는 크게 관계를 맺지 않던 성주에게. 지금껏 맺은 관계라고는 새벽부터 일어나 동네의 여기저기를 쏘다니며 떠돌이 개에게도 인사를 하는 종옥을 매개로 한 것밖에는 없는 성주에게.

어쩌면 종옥의 손녀이니 이제 자신을 종옥의 대체재로 여기려 드는 걸까, 하고 성주는 자주 의아해했다.

◇

"……갔다."

요란한 초인종 소리가 멎고서도 십 분이 지난 후에야 성주
는 비척비척 일어나 움직였다. 일부러 부엌 식탁에 둔 핸드폰
을 가져왔다. 주말이지만 보호자들에게서 몇 가지 문의가 와
있었다. 천천히 답장을 했다. 보호자들은 언제나 성주를 좋아
했다. 친절하며, 다정하고, 열정적이며, 무엇보다도 전혀 편애
없이 모두를 공평하게 대한다고 좋아했다. 선생님 없으면 우
리 애 어떻게 키웠을까요, 하고 그들은 자주 말했다.

그 친절과 다정, 열정과 공평함이 상처에서 나온 거라는 사
실은 성주 자신도 전혀 몰랐다. 성주는 그저, 그들이 자신을
그렇게 평가해준다는 것이 감사했고 뿌듯했으며 그러니 절대
로 그 기대를 허물지 말아야지, 하는 생각만 할 뿐이었다. 실
수하지 않고, 기분에 따라 행동하는 어른이 되어 어리고 약한
아이들을 헷갈리게 하지 않고, 종옥처럼, 종옥이 해줬던 걸
물려주는 것처럼 그렇게 일하겠다고.

◇

"저 썩을 년이 아직도 밥을 안 처먹네! 내가 죽었는데도! 아니, 내가 죽어서 이제 눈치까지 안 보는 건가 저 썩을 년이!"

목이 부러져 머리가 없는 복싱 선수 모양의 조악한 트로피는 코뼈가 부러지던 그날 받아온 것이었다. 상대에겐 번쩍거리는 챔피언벨트, 성주에겐 속이 텅 빈 싸구려 트로피. 그냥 쓰레기통에 처박아버리고 싶었는데 보는 눈들이 많고 인봉이 너무 미안해하는 표정이어서 성주는 차마 그러지 못했다. 그러나 버려지는 게 트로피로서는 더 좋은 운명이었을지도 몰랐다. 어느 할머니의 우악스러운 손길에 목이 잘리는 것보다는.

목이 잘리자 오기가 생겼는지 성주는 트로피를 부엌과 거실을 겸한 방의 장식장에 보란듯 올려놓았다. 그게 있어야 분개심에 가득차 더 열심히 운동하고 감량할 동기가 부여된다나. 기가 막히는 소리여서 종옥은 몇 번이고 트로피를 치워 창고에 처박아놓길 반복했었다. 그러면 성주가 가타부타 말도 없이 다시 꺼내 오곤 했다.

거기에 깃들어 손녀를 관찰할 수 있게 되었으니 지금 생각하면 참 알 수 없는 인생이지만.

"아이고 이 썩어빠질 년아, 그 아까운 밥을…… 내가 몸에 좋은 걸 몇 가지나 넣었는데……"

종옥이 죽기 전 마지막으로 했던 잡곡밥이, 죽은 지 몇 주가 되었는데도 그대로 전기밥솥에 남아 있었다. 변색되다못해 곰팡이가 슬어 있었다. 성주는 그걸 죄다 버렸다. 훌쩍거리는 소리를 내며, 종옥과 함께 찍은 사진을 몇 번이고 들여다보면서, 주걱으로 퍼서는 음식물 쓰레기봉투에 처넣었다. 잔인하기 이를 데 없었다. 추모하고 울면서 동시에 불효를 저지르는 손녀라니.

"그나저나, 도대체 뭘 먹고 사는 거야, 저년은. 아니 도대체 내 소원은 언제 들어주는 거냐고 이 양반들아. 벌써 3월 중순인데! 늙을수록 시간이 얼마나 빨리 가는데 그걸 모르나 이 멍청한 양반들이?"

포효해봤자 저승사자들에게선 답이 없었다.

04

아이들 사이에서 처음 싸움이 일어난 날 성주는 밴드에 뭐라고 올릴지 몰라 몇 번을 망설였다. 밤 아홉시마다 꼬박꼬박 그날의 일지를 써서 올리던 성주가 침묵하면 부모들은 어떻게 생각할까. 의아해할까. 실망할까. 역시 선생들이 그럼 그렇지, 하고 쓴웃음을 지을까. 이 일을 한 지 몇 년이나 되었는데도 성주는 이럴 때마다 아주 어려운 시험 문제를 붙들고 있는 기분이었다.

"핸드폰 잡고 있는 걸 보니까 오늘도 누가 한바탕한 모양이구만?"

인봉이 말했다. 성주는 고개를 끄덕였다.

"그냥 한바탕한 것도 아니고, 애 둘이서 싸우다가 서로 깨물었어요. 그래서 병원 다녀오느라 체육관 늦은 거예요. 근데 공지를 뭐라고 적어야 할지…… 모르겠어요.”

“그러게, 내가 학부모한테 공지 따박따박 하지 말라고 했잖아. 부모들이 처음에야 고마워하지 나중엔 입 벌리고 떠먹여 주길 기다린다고. 그냥 민원이나 오면 적당히 답하고 넘어가지, 뭐 하러 일을 만들어, 만들긴.”

성주는 아무 답도 하지 않고 웃었다. 속도가 빠르고 발음을 뭉개는 항만군의 한국어를 알아듣지 못하는 부모들에게 밴드의 글이 얼마나 필요한지 항만군 토박이인 인봉은 잘 실감하지 못할 터였다. 번역기를 돌려 모국어로 다시 빚은 글을 통해 더듬더듬 자기 자식의 하루를 되짚는 부모들이 얼마나 많은지.

그나저나 걱정이었다. 의사가 흉이 남진 않을 거라고 했고, 물린 아이들도 조금 울곤 화해한 후 의젓하게 집에 돌아가긴 했지만, 과연 보호자들도 아이들처럼 금방 잊을까.

“이런 일로 다시 뵙게 될 줄 몰랐는데……”

싸운 두 아이 중 하나가 애린이었다. 더 많이 문 아이 역시, 애린이었다. 도연은 성주가 출근하기 전에 이미 성주의 자리 옆에 와 있었다. 벽에 기대어 접혀 있던 상담용 의자를 알아서 가져다 편 건지, 거기 엉덩이를 아주 살짝 댄 채 걸터앉아 발을 동동 구르고 있다가, 출근하는 성주가 돌봄 교실 문을 열며 들어서자마자 벌떡 일어섰다. 성주의 얼굴을 잊지 않은 모양이었다.

"이런 거 가져오셔도 저희 못 먹어요. 마음만 받을게요, 저……" 성주는 도연을 뭐라 불러야 할지 몰라 갑자기 턱, 말문이 막혔다. 어머님, 아버님, 할머님. 지금까지는 세 가지 중 하나로 호명할 수 있는 보호자들만 만났으니까. 보호자님? 너무 거리를 두는 것 같고, 애린의 보호자가 '보편적인' 관계에 있는 자가 아니라는 사실을 지나치게 드러내는 것 같아 이상했다. 삼촌님? 분명 옳은 호칭일 텐데 왜 자연스럽지 않게 느껴질까? 성주는 조금 부끄러워졌다. 나 역시도 부모 없이 할머니 손에 컸으면서, 왜 아이의 보호자를 '삼촌님'이라 당연하게 부르는 게 낯설까?

비닐봉투로 하나하나 포장한 빵이 가득 든 커다란 비닐봉지가 도연의 발치에서 히터 바람을 맞고는 파르르 떨고 있었다.

"……삼촌님, 이건 마음만 받을게요. 가져가셔서 애린이랑 드셔요. 법에 걸려요."

"사 온 게 아니어도요? 제가 만들어 온 건데……"

"이걸 다요?"

"네, 저……" 도연은 고개를 푹 숙였다가, 살짝 성주의 눈을 쳐다보곤 다시 시선을 피했다가, 를 반복했다. 시끄럽진 않아도 당차고 또박또박한 애린과는 많이 달랐다. 애린은 아이를 물었어도 자신이 왜 그런 짓을 했는지 성주에게 말 한 번 더 듣지 않고 이야기했는데.

"싸운 얘기를 들으니까 어처구니없어서요. 서로 깨물지 말고 이런 거나 깨물어 먹으라고 하게…… 애들 간식으로도 안 되나요?"

"삼촌님, 안 돼요. 예전처럼 떡 돌리고 아이스크림 돌리고 하는 것도 요새 세상엔 안 돼요. 애들한테라도요."

성주는 원칙을 절대 거스르지 않았다. 남이 정한 법에서부터 자신이 세운 생활 원칙까지 전부 다. 학교 사람들은 뒤에서 성주를 논하며 고개를 절레절레 젓곤 했다. 내일 세상이 멸망해도 오늘 저녁 운동을 마치곤 돌봄반 밴드에 글을 올린 후 열한시에 칼같이 자리에 누울 사람이라고들 평했다. 그러니 눈앞의 도연이 제아무리 밤을 새워서 빵을 몇십 개 구워 왔다 한들 절대로 받을 리가 없었다.

그 원칙을 깨뜨릴 수밖에 없었기에 성주는 침을 꿀떡 삼키며, 어디 형틀에 묶여 주리를 틀리는 듯 조여오는 마음 때문에 숨을 받게 들이쉬고 내쉬었다. 아이들이 신나 보일수록 더 그랬다.

베테랑 돌봄 교사 고성주가, 간식 발주를 잘못 넣고 말았다. 하필 오늘. 도저히 용납할 수 없는 초보적인 실수였다. 도연이 가져온 마들렌이 없었다면 아이들은 간식 시간에 모두 손가락만 빨았을 터였다. 곰돌이 모양으로 구워진 두 가지 맛 마들렌을 들고 아이들은 좋아서 빽빽 소리를 질렀다. 확실히, 평소에 억지로 먹는 과일이나 견과류보다 입맛에 훨씬 맞을 간식이긴 했다.

마들렌 하나는 레몬 맛, 하나는 초코 맛이었다. 애린의 피부색이 어둡다며 놀리던 아이가 마들렌을 입에 쑤셔넣었다. 손등과 어깨에 물린 자국이 남아 있었다. 그러고는 애린과 시시덕거렸다. 애린도 그 아이와 쫑알쫑알 떠들었다. 아이들은 감정의 골을 쉽게 파고, 금방 메우고, 빨리 잊었다.

애린은 오늘의 간식이 자기 삼촌이 만든 것이라는 사실을 분명히 알 터였지만 어떤 친구에게도 자랑하지 않았다.

"요구르트랑 주스도 마시면서 먹어."

음료는 성주가 사비를 지출해 마련할 수밖에 없었다. 이왕

사는 거 읍내 마트에서 가장 비싼 걸로 샀다. 애들이야 오늘 뭘 마셨는지 하교하자마자 까맣게 잊을 게 분명하지만.

성주는 눈을 질끈 감았다. 오늘 자신은 정말이지 최악의 공교육자였다. 마트에 갈 때 도연의 차를 얻어 타기까지 했다. 근무 시간에 읍내까지 가서 열 명이 넘는 아이들이 마실 음료수를 사 오기에 성주의 자전거로는 물리적으로도, 시간적으로도 한계가 있었다. 그래도 그렇지, 뭐 몇 번을 왕복하든 내가 스스로 책임졌어야 하는데 염치도 없이 아이 보호자의 차를 얻어 타다니, 제정신인가. 성주는 도리질을 쳤다. 오늘 일진이 사나웠다. 아주 사나운 게 분명했다. 꿈자리가 어땠더라······

"쌤도 빵 먹었어요?"

운동장 놀이 시간이 되어 아이들이 우르르 나갈 때쯤이 되어서야 애린이 다가오더니 귀에 대고 소곤소곤 물었다. 누군가에게 들릴세라 주위를 두리번거리면서. 성주도 애린의 귀에 대고 속삭였다.

"아니."

"왜요? 내가 삼촌한테 쌤 것도 꼭 가져오라고 했는데."

맞다. 받았다. 받았는데.

"너무 귀여워서 못 먹었어."

이런 거짓말이라면 아이도 충분히 받아들이겠지. 성주는 생각했지만 애린은 호락호락하지 않았다.

"엥? 살아 있는 곰 아니고 그냥 빵인데. 쌤 안 먹으면 우리 삼촌 상처받아요."

애린은 틈도 주지 않고 덧붙였다.

"저도 상처받아요. 왜냐하면 쌤이 제가 미워서 안 먹은 거니까."

"어?"

"제가 싸워가지고 미운데 우리 삼촌이 만들어 온 거라, 그래서 안 먹는 거니까요."

그런 거 아니야! 어떻게 그런 생각을 할 수 있어? 펄펄 뛰어도 애린은 절대 믿지 않았다. 결국 놀이 시간 내내 시달리다가 교실로 돌아오자마자 레몬 맛 곰돌이를 먼저 꺼냈다. 초코 맛보다야 칼로리가 낮겠지. 그래도 이거 먹으면 몇십 분을 뛰어야 하는 거지? 성주는 미간을 찌푸리지 않고 머리를 굴리려 애를 썼다.

그러나 곧 계산할 필요가 없어졌다. 결국 애린이 눈을 시퍼렇게 뜨고 보는 앞에서 두 개 다 해치워야 했으니까.

◇

젠장할!

성주는 울퉁불퉁하고 컴컴한 밭두렁과 논두렁을 연이어 경중경중 뛰면서 뱉었다. 해가 지고 어두워 인적이 하나도 없었다. 제아무리 익숙한 자기 동네여도 이 시간에는 두려웠다. 어디서 뭐가 웅크리고 있다가 튀어나와 몸을 붙든 채 질질 끌고 가도 하등 이상할 게 없는 곳. 저 멀리서 떠돌이 개가 짖는 소리가 들렸다. 해가 떠오르려면 아직도 먼 모양이었다. 게다가 안개까지 자욱하게 껴서, 해가 떠봤자 가시거리가 크게 달라질 것 같지도 않았다. 물기가 콧구멍 안으로 들러붙어 숨이 턱턱 막혔다.

마들렌은 아주 부드러웠다. 끝내주게 촉촉하고. 당도도 완벽했으며 더할 나위 없이 향긋했다.

그게 문제다.

안 먹었어야 하는데, 한번 먹으면 다시 먹고 싶어 환장할 지경이 되는 게, 그게 바로 탄수화물의 맛이다. 밀가루의 맛이다. 정성 들여 잘 만든 빵과 과자의 맛이다.

그렇다고 해서 꿈까지 꿀 일이야? 지금 멈추지 않으면 지각한다 싶은 시간이 되어서야 성주는 달리기를 멈추었다. 두

려움 탓에 페이스를 오버해 뛰어서인지 무릎이 삐걱거렸다. 그래봤자 겨우 오백 킬로칼로리 소모. 러닝 앱은 냉정했다.

"아니, 무슨 그런 꿈을 꾸냐고."

빵이 떼거지로 나오는 꿈을 꾸었다. 사실 살아서 빵을 그리 다양하게 먹어본 적도 없었기에 아는 종류 몇 가지만 반복해 등장했다. 그래도 괴로웠다. 쉬지도 않고 구워 오는 사람은 도연이었고 성주가 다 먹을 때까지 애린이 옆에서 도끼눈을 부릅뜨고 감시했다. 그러나 어느 순간, 애린의 감시가 필요 없다 싶을 정도로 꿈속의 성주는 빵을 아귀처럼 먹어치웠다.

집에 돌아오니 뱃속이 쓰리도록 허기지고 손이 떨렸다. 어제 저녁에 샌드백을 너무 많이 쳐서일 거라고 성주는 생각했다.

일탈은 하루로 족했다. 다시는 하지 않을 수 있었다.

05

"성주 쌤은 대체 할 줄 아는 게 뭐야. 집에서 뭘 해 먹긴 해?"

미송 초등학교의 회식은 항상 읍내의 〈봉팔이삼겹살〉에서 이루어졌다. 비뚤배뚤 크기가 하나도 맞지 않게 고기를 자르는 성주를 보다못한 선생 하나가 자신이 굽겠다며 집게와 가위를 뺏어 들었다.

"집에 쌀이라도 있을지 의심스러워."

"쌀이 있겠어? 학교 급식에서도 밥은 절대 안 먹고 반찬만 먹더만. 나는 간장도 없다는 데 한 표."

"에이 설마, 간장은 있겠지."

간장이 뭔가요. 성주는 몸을 비비 꼬며 멋쩍은 미소를 지었다. 다들 좋은 사람들인 걸 빤히 알기에 기분이 나쁘지는 않았다. 이미 훌쩍 큰 자식을 여럿 둔 여자들이었다. 자기들 보기에 한없이 어린 성주가 귀엽고, 밥도 육아도 안 해도 되는 하루하루가 부러워서 하는 소리라는 걸 잘 알았다.

"나한테 다시 그 나이 주면 나는 지이이이인짜 찐하게 연애할 텐데!"

"찐하게?"

"아주 그냥 질펀하고 문란하게!"

모두 허리를 뒤로 젖히고 깔깔거렸다. 성주도 따라 웃었다. 앞서거니 뒤서거니 항만 여고를 졸업한 후 지적의 교대에 가서는 연애 한 번을 제대로 못했던, 이십대 중반쯤 정신 차려보니 소개받은 남자 옆에서 부케를 들고 있던, 아이 몇 낳아 정신없이 키우며 남의 집 아이들까지 돌보다보니 어느새 중년이 된 항만 토박이 여교사들. 매일 반복되는 레퍼토리의 사연이었다. 성주에게 그 좋은 나이에 왜 연애 한 번 안 하느냐 호통 아닌 호통을 치는 것도 익숙했다. 안 하면 허전하고 섭섭한, 일종의 의식에 가까웠다.

"우리 성주 쌤 눈이 너무 높잖아."

성주의 이상형도 이미 모두 알았다.

"삼시 세끼 다 해주는 다정하고 수줍은 남자?"

성주의 이상형은 일명 '삼다수남'이란 줄임말로 교무실 내에서 잠시 유행하기도 했다. 물론 아예 연애에 관심이 없던 성주가 선생들이 물어다 주는 온갖 소개팅을 피하기 위해 이 세상에 존재하지 않을 법한 이상형을 꼽은 것이었지만, 자꾸만 거듭 듣다보니 세뇌당한 것처럼 그런가보네, 그게 내 이상형인가보네, 하고 헷갈릴 때도 있었다.

"고성주 쌤 친구는 있나 몰라. 회식 날 잡게 언제 시간 되냐고 물어보면 다 된대, 다. 약속 없어?"

누군가 물었고 성주는, 회식은 일이잖아요, 하고 동문서답을 했다. 약속이 없다는 말까지 해서 다정하고 오지랖 넓은 중년의 동료들을 부러 걱정시키고 싶지는 않았다.

성주는 천천히 뛰었다. 회식 때문에 자전거를 집에 놓고 왔기에 두 발로 돌아가는 중이었다. 삼겹살과 온갖 쌈 채소가 위장에서 뒹굴고 있었다. 명치가 아플 때마다 속도를 조금 늦추었다. 집 근처에 데려다주겠다는 선생들을 만류하느라 그나마 조금 소화가 된 것도 같았다. 그래, 우리가 고성주 고집을 어떻게 이겨. 결국 포기하고 남편 혹은 대리 기사가 모는 차를 타면서 선생들은 깔깔거렸다. 볶음밥엔 손도 안 대지, 김치찌개에 넣은 라면 사리 한 가닥이 걸려 들어와도 건져내지, 후식 냉면이 그렇게 맛있다고 해도 한입 얻어먹은 적이 없는 모진 사람이야. 고성주 못 이겨, 절대 못 이겨. 쪽쪽 물고 빨 삼다수남께서 밥을 해다 바치면 또 모를까.

집까지 얼마나 남았지? 성주는 잠시 멈춰서 숨을 골랐다. 제아무리 운동화를 신었다 해도 슬랙스에 재킷 차림으로 뛰는 건 퍽 거추장스러운 일이었다. 목덜미에 땀이 송골송골 맺혀서 어느 순간부터 재킷을 벗어 둘둘 감아 안고 뛰었는데, 그렇게 큰 짐이 있으니 호흡이 더 가빠졌다. 조금 더 나이가 들어서 아저씨 선생님들처럼 운동복을 입고 출근할 수 있게 된다면 얼마나 좋을까. 성주는 괜한 상상을 했다. 미송 초등학교엔 남자 선생이 몇 안 되어서, 그 상상 속 패션의 모델은 어쩔 수 없이 복싱장의 인봉이었다.

그때 뒤에서 밝은 빛이 쏟아졌다. 천천히 움직이는 차의 헤드라이트 불빛이었다. 자동차에 일말의 관심도 눈썰미도 없는 성주가 이미 봤던 차라는 사실을 깨닫기도 전에 조수석의 창이 스르르 내려갔다.

"쌤!"

애린이었다.

"쌤, 타요!"

◇

　성주가 들어오지 않아 전전긍긍하던 종옥은 현관문이 열리고 들리는 발소리가 한 사람의 것이 아닌 것에 먼저 충격을 받았고, 이어 뛰어들어온 아이 뒤로 성인 남정네 하나가 쭈뼛거리며 신발을 벗는 것에 졸도할 뻔했다. 성주가 자기 공간에 누군가를 스스로 데려오는 일은 하늘이 두 쪽 나도 불가능한 사건이었다. 게다가 두 사람 다 종옥으로서는 처음 보는 얼굴이었다.

　"진짜 너무 죄송합니다. 애린이가 이렇게까지 떼를 쓴 적이 없었는데……" 거실에 우두커니 멈춰 선 남자가 손을 비비며 연신 고개를 숙였다. "집에 가서 따끔하게 혼을 낼게요. 이런 적은 정말 처음이라서, 아마 이게 실례인 줄도 모를 거예요. 다신 이런 일 없게……"

　"와 쌤, 쌤 방에 뭐가 엄청 많아요!"

　저 맹랑한 것이 문제구만. 종옥은 바로 분위기를 읽어냈다. 어쩔 줄을 모르는 손녀와 남자를 놀리기라도 하듯 아이는 집 안을 헤집고 다녔다. 그러게 다른 선생들처럼 엄하게 좀 대하라니까, 말을 안 들어서…… 종옥은 혀를 찼다. 생전에 그렇게 말할 때마다 성주는 대답했었다. 할머니, 나는 돌봄 교사야. 그냥 선생이 아니고. 돌봐야 되는 어른이니까 명칭이 돌봄 교사인 거잖아. 그리고 할머니도 나 안 혼내고 키웠잖아. 그래도 나 안 비뚤어졌잖아. 헐, 아니야? 설마? 나 좀 불량해?

"제가 차라도 한잔 드려야 하는데……" 성주가 목 쪽을 향해 계속 손부채질을 했다. 머리카락이 이마에 척 들러붙어 있는 것을 보아하니 뛰어온 모양새였다.

"그런데 제가 원래 집에 먹을 게 하나도 없어서…… 마실 것도……"

"아이고 무슨 차예요, 아니에요, 정말 괜찮아요. 너무 죄송하……"

남자의 말은 와 진짜 완전! 하고 외치는 아이의 고함에 뚝 끊겼다. 아이는 냉장고를 열어보는 중이었다. 남자가 휘청휘청 그쪽을 향해 걸어갔다. 너, 박애린, 너 빨리 냉장고 닫아. 당장 집에 가자. 애린이 오늘 왜 이래, 아무래도 안 되겠어. 너 왜 오늘 삼촌 말 안 들어.

"삼촌, 이거 봐! 냉장고가 하얘! 아무것도 없어! 아무것도!"

남자가 아이를 번쩍 안아 들었다. 다리 굵기가 남의 팔뚝 정도밖에 안 되는 것 같더니, 그래도 상체 힘은 조금 있는 모양이었다. 아이가 발버둥을 쳤지만 남자는 내려놓지 않았다.

"저 선생님, 저, 정말로 죄송하게 되었습니다." 남자는 쩔쩔

땀을 흘리고 있었다. 저렇게 머리를 치렁치렁 길렀으니 덥지.
종옥은 혀를 끌끌 찼다. "제가 진짜로 너무 죄송해서……"

"쌤!"

"뭘요. 아이들이 다 그렇지요…… 오늘 태워주셔서 감사해
요."

"근데 거기서 어떻게 여기까지 뛰어오세요. 대단하세
요…… 선수이신 건 알았는데 역시 멋있으세요."

"쌤!"

"하하, 아, 뭐, 누구나 운동 조금만 하면 할 수 있는……"

"쌤!"

애린아, 쌤이랑 삼촌이랑 얘기하잖아. 남자가 말했다. 그리
고 그때, 종옥은 분명하게 느꼈다. 아이가 목 잘린 트로피의
날카로운 끝에 납작 웅크린 자신의 눈을 똑바로 응시하고 있
었다.

아이가 종옥을 바라보며 또박또박 말했다.

"쌤, 우리 차에 머랭쿠키 있는데 여기 한 통만 가져오면 안
돼요? 쌤 주고 싶어서요."

무슨 소리야, 또. 남자가 말했지만 성주의 귀에는 들리지
않는 것 같았다. 성주가 눈을 휘둥그레 뜨고 아이를 바라보고
있었다.

그리고 종옥은 심장이 멈추기 직전이었다. 이미 죽었으니 좀 이상한 말이긴 하지만.

"아니 저 아가 나를 보고 저렇게 말을 하는 건가. 세상에."

좀 알려달라고 저승사자들을 애타게 불렀지만 그치들은 꼭 필요할 땐 어디론가 사라져 입을 꾹 다무는 게 취미였다.

"할머니."

바게린인가 게보린인가 하는 애가 떠나며 기어코 넘긴 머랭쿠키 통을 거실 바닥에 내려놓고서 주저앉은 성주를 보고 종옥은 혀를 끌끌 찼다. 여자가 저렇게 찬 데 궁둥이 붙이고 앉으면 안 좋다니까, 가뜩이나 생리통도 심하면서……

"할머니. 이거 그냥 우연이겠지."

성주가 무릎에 얼굴을 묻었다. 종옥은 숨이 턱, 막혔다. 얘저 진아네가 있지, 손녀가 사 왔다고 가져와 먹어봤는데 진짜 신기하더라. 생긴 건 옥춘당 비스무리한데 솜사탕 맛이 나고 깨물면 바삭한데 혀에 올려두면 살살 녹아. 종옥이 처음 머랭쿠키를 먹어보고 와선 성주에게 호들갑을 떨며 말한 내용이었다. 그후에 성주는 자주 읍내 제과점까지 자전거를 타고 나가서 종옥이 먹을 머랭쿠키를 사 오곤 했다. 다른 어떤 빵이나 과자보다도 종옥은 그게 정말 신기하고 맛있었다. 아무런 잔해를 남기지 않고 투명하게 혀와 몸을 적시는 깔끔한 행복의 느낌.

종옥은 트로피의 날카로운 끝에 성주처럼 엉덩이를 대고 앉았다. 어차피 죽었기에 엉덩이 사이가 찔리든 말든 별 타격은 없었다.

쿠키 한 통은 꽉 차 있었고, 한 통은 거의 다 비어 있었다. 애린의 성화에 못 이겨 세 사람이 모두 거실에서 앉지도 못한 채 쭈뼛쭈뼛 서서는 머랭쿠키를 나눠 먹었기 때문이었다. 애린은 쿠키를 양손에 들고는 종옥의, 그러니까 트로피의 앞을 하염없이 왕복하며 혀를 내밀어 핥아 먹었다. 더는 그 다디단 맛을 느낄 수 없는 종옥을 맹랑하게 놀리는 것처럼.

"저건 복싱 트로피죠……? 우와……"

어색함을 견디지 못한 도연이 먼저 물었다. 성주는 고개를 끄덕이면서, 침묵을 깨기 위해 나름대로 노력한 도연에게 보답을 하고자 입을 열어 묻지도 않은 걸 떠벌렸다. 호수공원에서 저 보셨죠? 애린이가 말하던데. 그때 받은 거예요. 패자한테 위로차 주는 거니까 뭐 사실 아무 의미 없는 거죠…… 저거 들고 집에 온 날 저희 할머니……한테 복싱하는 걸 처음으로 들켰어요. 할머니가 부순 거예요. 목만 댕강 잘려나간 거요.

"영험해 보여요, 약간 이차돈 같기도 하고."

"이차돈이요?" 성주는 잘못 들은 줄 알았다. "그 신라 시대에…… 목 자르니까……?"

"흰 피 흘리던 사람이요! 그 장면 그림 들어간 비석도 있잖아요."

성주는 푸학 소리를 내며 웃어버렸다. 목 잘린 트로피를 보고서는 아주 오래전 역사 시간에 배웠을 인물의 이름을 갑자기 뱉는 이 사람은 무얼까. 처음 보는 유형이었다. 그런데 어린아이 옆에서 참수나 피 이야길 해도 되는 걸까? 불현듯 걱정이 되어 입을 다물자 애린이 무언가 생각난 사람처럼 뽈뽈 다가와 성주의 손을 들여다보더니 윽박질렀다.

"왜 안 먹어요."

"이따 먹을 거야."

"저번에도 뺑치려고 했잖아요, 쌤."

그러더니 말하는 것이었다.

"쌤 여기 밀가루 하나도 안 들어갔어요. 계란만 들어갔어요. 그러니까 먹어도 돼요."

세상에 그게 무슨 말이야? 성주가 웃으면서 되물었다. 애린이는 삼촌 닮아서인지 아는 게 진짜 많구나, 쌤도 머랭쿠키에

밀가루가 안 들어간 줄은 몰랐어. 애린이 덕분에 새로운 사실을 배웠네, 쌤이. 애린이가 쌤보다 낫네.

그렇게 살가운 척하며 두 사람을 보내고 나서는 무릎에 얼굴을 묻고 할머니를 찾으며 질질 짜는 것이었다. 겨우 그 머랭쿠키 때문에.

종옥은 아무리 애를 써도 트로피를 벗어날 수 없었다. 어깨를 한 번만 어루만져주고 싶은데 불가능했다. 그저 애타는 마음으로 성주의 들썩이는 몸을 조금 쳐다보다가, 그 맹랑한 아이가 흘렸던 말을 불현듯 떠올렸다.

'삼촌이 일부러 찾아봐서 만든 건데! 먹어야 돼요 쌤!'

그땐 넘겼지만 지금 와서 생각해보니 이상했다. 왜 '일부러 찾아봐서' 만들었을까. 왜 하필 '일부러 찾아봐서' 만든 쿠키를 굳이 차에 실었을까. 왜 '일부러 찾아봐서' 만든 쿠키가 실린 차를 성주의 회식 날 몰았을까.

"하이고, 다 죽어서 손주사위 보시게 생겼네."

저승사자 중 하나가 곁에 날아와 치근댔다. 한 대 칠까, 하고 종옥은 잠시 고민했다.

06

'한국의 일 년은 봄여어어어어름갈겨우우우우울'이란 농담
이 있긴 하지만 항만군의 사계는 조금 다르다. 땅도 작고 특
색이랄 것도 별로 없는 항만군이 유일하게 자랑하는 것이 바
로 네 계절끼리 공평하게 나눠 가진 시간들이다. 각 계절이
자신의 역할을 충실히 수행하며, 내년을 기약해야 할 때가 되
면 다투지 않고 부드럽게 자리를 내준다.

"봄이네, 봄이야."

미트 트레이닝이 끝나고 대자로 누운 성주의 옆에 선 인봉
이 손에서 미트를 벗고, 창밖을 내려다보더니 중얼거렸다. 창
의 아래에는 아주 커다란 벚나무들이 둘러싼 놀이터가 하나
있었는데, 주로 항만군의 고등학생 커플들이 비밀스럽게 손

을 맞잡고 입을 맞추는 아지트로 쓰였다. 자기들 딴엔 안 보이는 곳이라고 생각했겠지만 〈항만 권투〉의 창에서 내려다보면 혀가 어떻게 움직이고 손이 어디로 들어가는지까지도 다 보였다. 인봉은 거기서 노닥거리며 교복 입은 커플들을 구경하다가, 조금 수위가 높아진다 싶으면 꼭 붙은 두 정수리 위로 실수인 척 생수를 주르르 흘리곤 했다.

"오늘 내가 본 커플만 열두 쌍이다. 완전 봄이야."

"아니, 어린이들 놀라고 만든 놀이터에서 왜들 그러는 거예요, 걔들은. 염치도 없어."

인봉이 고개를 돌려 성주를 보더니 뜬금없이 말했다. 그러고 보니 내일 만우절이다, 야.

"또 애들이 뭐 엉성하게 거짓말하려 들겠죠. 속아주는 척해야지."

성주는 만우절을 싫어했다. 재미도 없고 심지어 누군가에겐 상처만 될 거짓말들을 하고 낄낄대는 사람들을 너무 많이 보아왔으니까. 만우절에 할 만한 유일한 장난은 고등학교 교복을 입는 정도일까. 그러나 서울에 있는 대학들에서는 그 교복 가지고 출신 학교를 따진다더라, 라는 소문을 듣고 나니 그마저도 탐탁지 않아 보였다.

하지만 이야기를 만들어 떠들어 대는 것을 기가 막히게 좋아하는 초등학생들에게 만우절은 최고의 이벤트였다. 저학년 아이들이 흔히들 가지는 특징이었다. 아무리 허황되고 빤히 보이는 거짓 이야기라 할지라도 눈을 반짝이며 지어내놓고는 떠벌리는 것. 급기야는 자신이 지어낸 이야기가 진짜라고 믿어버리기까지 하는 경우도 종종 있었다. 성주는 아이들의 허풍을 진심을 다해 믿어주려 노력하는 쪽이었다. 동화 속의 얼음장 같은 어른이 되고 싶진 않았으니까. 어차피 아이들은 나이를 먹고 덩치가 커지면 동화를 잊고 하늘에서 내려와 현실에 발을 붙였다. 그러나 어린 시절 자신을 믿어주지 않은 어른의 말 한마디만큼은 잊지 않았다.

"내일 중림에서 스파링하러 오는 거 안 잊어먹었지?"

스파링은 동화가 아니지만.

"네."

"늦지 말고 와."

"당연하죠. 제가 언제 늦은 적 있어요?"

다음날 복도에서 고학년들은 성주에게 선생님 예뻐요! 선생님 여성스러워요! 를 외치며 지나갔다. 죄다 돌봄반에서 성주의 손길을 거쳐 큰 아이들이었다. 저 썩을 것들이 키워준 은혜도 모르고…… 역시 자식새끼들 키워봤자 소용없지. 성주는 속으로 툴툴거렸지만 겉으로는 응 나도 알아, 내가 좀 아름답지, 따위의 대답을 능청스럽게 했다. 그러면 뭐가 좋다고 그렇게들 까르르 웃는지. 성주는 고개를 절레절레 저었다.

정규 수업을 마친 아이들이 돌봄반 교실로 하나둘씩 들어섰다. 이마에 커다란 혹이 난 놈이 있어서 이유를 물었더니, 기절한 척 연기를 하다 머리를 진짜로 책상에 박았다고 했다. 도대체 무슨 대배우가 되려고. 집에 가면 부모가 놀라서 전화할 게 분명하니 미리 알아두어야 했다.

아이들이 모두 도착하고 나서는 먼저 독서 시간을 가졌다. 각자 가져온 책을 펴놓고 읽은 후 소개까지 해야 했는데, 아이들이 제일 싫어하는 시간이기에 가장 앞에 넣었다.

시작한 지 일 분 만에 몸을 배배 꼬는 아이들 사이를 지나다니다가 성주는 누군가 옷깃을 슬그머니 잡아당기는 느낌에 걸음을 멈추었다. 애린이었다. 애린이 작게 접은 쪽지를 성주의 손에 쥐여주었다.

애린이의 생일 파티에 초대합니다.

날짜: 4월 1일

시간: 저녁 다섯시

장소: 애린이네 집

성주는 쪽지를 다시 가지런히 접어 주머니에 넣고서는 애린을 바라보며 눈썹을 들어올렸다.

아무 대답도 하지 않았지만, 애린은 성주의 의중을 대번에 파악하고는 놀이 시간에 말했다. 하필 생일이 만우절이라 아무도 믿지 않는다고, 그렇지만 정말이라고. 친구들도 같이 초대했니? 성주의 물음에 애린은 대답은 않고 고개만 끄덕였다.

"쌤은 원래 애린이네 집에 가면 안 돼."

"왜요?"

"그러니까⋯⋯" 뭐라고 표현해야 할까. "쌤은 다른 친구들한테도 다 공평해야 하는데, 그러면 다른 친구들 생일마다 걔네 집에도 다 가야 되고, 근데 쌤이 그럴 시간은 없잖아."

"애들이 다 괜찮다고 하면요?"

"그래도 쌤 양심에 찔려서 안 돼."

애린은 뭐라 말하려다가, 뒤로 물러났다. 둥그런 눈으로 성주를 보더니, 갑자기 고개를 홱 돌려 친구들에게로 뛰어갔다.

삐쳤구나.

그러나 성주는 이러는 게 옳다고 생각했다. 애린이 자신을 얼마나 좋아하는지 몰라도, 그 아이 말고도 여럿을 돌봐야 하는 돌봄 교사로서는 중심을 지키는 게 무엇보다 중요하다고. 자꾸만 애린과 그의 삼촌이 '예외'가 되는 것이 마음에 걸려서, 아이를 한 번쯤은 속상하게 하더라도, 지켜야 할 선을 명확히 말해주는 게 좋을 거라고.

게다가 애린은 모르겠지만, 성주는 돌봄반 아이들의 모든 인적 사항을 담임들로부터 넘겨받아 핸드폰 캘린더에 저장해둔 지 오래였다.

올해 돌봄반에는 봄에 태어난 아이가 하나도 없었다.

자기 집에서 친구들과 더 놀고 싶은 아이의 깜찍한 거짓말일 터였다. 성주는 그렇게 생각하기로 했다.

애린은 돌봄 교실이 파하고 모두 가방을 챙겨 성주에게 인사를 건넬 때까지 내내 조용했다. 평소 하던 것처럼 저에게 장난스레 시비를 거는 남자애들에게도 대꾸조차 하지 않았다. 사실, 아이들이 저런 식으로 삐칠 때마다 성주도 여간 신경이 쓰이는 게 아니었다. 나는 확고한 내 줏대대로 행동했는데 아이에겐 아주 큰 상처로 남은 게 아닐까. 어른이 별것 아닌 것처럼 던진 조약돌이 아이들에겐 바위처럼 크게 느껴지곤 하는데. 애린이 마침내 가방을 다 정리하고 어깨에 메자

몹시 초조해진 성주는 손톱을 물어뜯었다. 조금 더 부드럽게 거절을 했어야 하나. 아니면 핑계를 댔어야……

아, 핑계가 아니라 진짜 일정이 있었구나, 나! 왜 까먹고 있었지? 성주는 주먹으로 머리를 때리며 고개를 빼고 운동장 쪽을 바라보았다. 애린을 데리러 온 도연이 눈에 들어왔다. 성주는 인사를 하는 둥 마는 둥 하고 교실을 빠져나가 교문으로 향하는 애린의 뒤를 따라갔다. 도연이 먼저 보고서는 허둥지둥 달려와 고개를 꾸벅 숙이며 안녕하세요 선생님, 하고 인사를 했다. 애린은 그때까지 성주가 자신의 뒤에 있었던 걸 몰랐던 모양이었는지 놀란 눈치였다.

"애린이 삼촌님 안녕하세요, 저 오늘 제가 애린이 속상하게 해서 죄송하다고 말씀드리려고요……"

운을 막 떼었는데 뒤에서 누군가 성주 쌤! 하고 크게 외치는 소리가 났다. 아이의 목소리가 아니었다. 아마 교무실 쪽인 것 같았다. 못 들은 척하려는데 목소리는 다시 성주 쌤! 이라고 불러댔다. 성주는 마음이 급해졌다. 그래서 도연의 대답도 듣지 못하고 그만 저 하고 싶은 말만 줄줄이 늘어놓고 말았다.

"애린이가 오늘 생일이라 파티를 한다고 집에 초대를 했거든요 근데 제가 오늘 미리 일정이 있었어요 그게 참 바꿀 수 있는 일정이면 좋을 텐데 그게 스파링이라서 바꾸면 상대한테도 엄청 민폐거든요 심지어 그쪽에서 저희 체육관으로 오는데 그러면 진짜 엄청난 실례라서요 그래서 애린이네 집에를 못 가요 제가 이걸 애린이한테 말을 미처 못해서 애린이가 삐쳤는데 애린아 선생님 용서 좀……"

다시 뒤에서 고성주 쌤! 이라고 바락바락 지르는 소리가 날아왔다. 성주는 고개를 돌려 네! 가요! 하고 고함을 지른 후 꾸벅 인사를 했다.

"다른 선생님이 부르시니까, 그럼 이만 들어가볼게요, 삼촌님. 애린이도 조심히 가고, 쌤 용서해줘라. 알겠지?"

그러고는 인사도 받는 둥 마는 둥 하며 교무실을 향해 뛰었다.

고성주를 부르짖은 이들은 저학년 담임 무리였는데 그저 딸기를 같이 먹자고 부른 것뿐이었다. 아니 선생님, 불이라도 난 줄 알았잖아요. 성주가 핀잔을 주자 그들은, 이렇게라도 부르지 않으면 성주 쌤은 먹을 건 쳐다도 안 보니까, 라고 말했다. 그러고는 물었다. 딸기 정도는 탄수화물 아니니까 괜찮지?

"당이니까 백 퍼 탄수죠." 성주는 겨우 하나를 집어먹고는 칫솔을 챙겼다. "저 오늘 스파링해야 돼서 더 못 먹어요."

"아니, 그럴 거면 더 든든하게 먹어야지!"

"배 맞고 링에서 토하기 싫어요." 성주가 말하자 테이블에 둘러앉은 이들이 모두 고개를 절레절레 흔들었다. 그래도 퇴근할 즈음엔 모두들 '한 대도 맞지 말고 와!'라고 말해줄 터였다. 지금까지 내내 그래왔으니까. 성주 주변의 모든 여자들은 돌봄 선생 고성주의 또다른 자아를 항상 응원해주었다. 성주를 가장 사랑했을 종옥만 빼고, 모두가.

어쩜 저렇게 깜찍한 행동들을 할 수 있지?

손에 밴디지를 매며 성주는 눈을 질끈 감았다. 뭐 두 눈 감고도 완벽하게 맬 수 있을 정도로 익숙한 작업이었으니 손은 여전히 분주했으나, 머릿속은 온통 새카맸다. 사무실 안에서 간간이 인봉의 웃음소리가 들려왔다.

"얌마 고스앵님, 염쓰봉 저 새끼 너무한 거 아니냐? 아니 상담이 왔다고 선배를 바로 내쫓아?"

"염쓰봉이라고 부르면 우리 관장님 화나는 거 아시면서요."

"나니까 이러지, 나니까." 중림 관장이 성주의 눈앞에서 팔짱을 끼고 건들거렸다. 그 뒤로 성주는, 사무실의 유리창을 통해 자신을 뚫어져라 쳐다보는 애린과 눈이 마주쳤다. 어찌나 눈빛이 형형한지 성주가 먼저 슬그머니 눈을 피했다. "어쨌든 둘 다 등록하면 좋겠네. 염쓰봉 새끼 요새 돈 없다고 징징거리던데. 그러게, 누가 이렇게 외진 데 체육관 차리라고 했나."

그러더니 사무실 쪽을 흘끗 보고는 말하는 것이었다.

"아빠랑 딸인가보다, 그치?"

성주는 꼬인 줄넘기 줄을 풀다가 멈칫하고는, 글쎄요, 저야 모르죠, 라고 대답한 뒤 줄을 넘기 시작했다. 두 사람이 무슨 작당 모의를 했는지는 몰라도 상담받고 싶다며 체육관에 발을 들이는 순간부터 성주에겐 알은척도 하지 않았으니, 저도 끝까지 모르는 척을 할 요량이었다. 그러면서 속으로 구시렁댔다. 뭐가 아빠랑 딸이야, 남자가 저렇게 어려 보이는데. 하여간 저 관장님은 보는 눈이 영 이상하다니까. 저번엔 나보고 너는 주먹이 튕기니까 인파이팅 말고 아웃복싱으로 스타일을 바꿔라 어쩌라 참견을 하질 않나, 하여튼 마음에 안 들어.

몸을 다 풀고 슬슬 링에 오를 준비를 할 즈음, 상담이 끝난 모양이었다. 인봉이 사무실 문을 열고 나오더니 중립 관장에게 물었다. "여기 우리 신입 회원님들이 스파링 구경을 좀 하시고 싶다는데 관장님, 괜찮으시죠?"

"아이고 뭐 저희야 상관없죠! 실컷 재밌게 보시고, 대신 저희 편 좀 응원해주십쇼! 아직 첫 수업도 안 들었으니까 중립 아니십니까!"

아니요, 제가 상관있는데 어쩌지요 관장님. 성주는 그만 더는 모르는 척을 할 수 없어서, 삽시간에 귀한 신규를 둘이나 받아 신난 인봉이 의자까지 끌어다 주며 객석을 마련하는 장면을 노려보았다.

저거 봐라, 저거?

애린이 눈을 동그랗게 뜨고 자신을 보더니 히, 하는 웃음을 지었다. 도연은 옆에서 어쩔 줄 몰라 하는 표정이었다. 최선을 다해 미안한 마음을 표현하려는지 눈꼬리가 축 처져 있었다.

에휴, 저 조카 바보 수수깡에게 무슨 잘못이 있겠나.

성주는 마우스피스를 꼈다. 마우스피스를 끼면 입이 툭 튀어나와 얼굴이 서른 배쯤 못생겨졌다. 헤드기어에 머리를 욱여넣었다. 헤드기어는 머리가 터질 것 같다는 생각이 들 정도로 바짝 조여 쓰지 않으면 팽팽 돌아가기 때문에, 볼살이 마구 눌려 복어 같은 모습이 되곤 했다. 지금까진 한 번도 남의 눈을 의식한 적이 없었는데, 이상하게 신경이 쓰였다. 애린 때문이야. 성주는 생각했다. 선생님으로서 이런 모습을 보이는 상황이 낯설고 어색해서 이런 기분이 드는 모양이야.

땡.

타임 벨이 울렸다.

07

"애린이가 절대 먼저 안 가고 기다려야 한다고 해서요."

도연과 애린은 놀이터에서 성주를 기다리고 있었다. 아직 밤공기는 찬데, 그냥 안에 계시지 그랬어요. 성주가 중얼거리며 손바닥으로 그네를 탄 애린의 볼을 감쌌다. 조금 차가웠다.

"쌤, 저랑 삼촌이랑 내일부터 다니기로 했어요."

"알아."

"쌤 학교 끝나고 바로 여기 오잖아요. 저랑 같이 와요."

"쌤 자전거 타고 오는데 네가 따라올 수 있어?"

"저도 자전거 있어요. 잘 타요."

그래, 내가 널 어떻게 말리겠니. 성주는 애린의 머리에 손을 얹고, 어설프게 선 도연을 물끄러미 바라보다가, 문득 무언가 생각나서 심술궂은 미소를 지었다. 이거 이거, 꼬리가 밟혔네, 이거.

"그런데 애린. 너 만우절이라고 쌤한테 거짓말한 거 들켰네?"

애린이 고개를 들어 성주를 바라보았다.

"오늘 생일 파티 한다며. 친구들도 초대했다며. 그런데 여긴 어떻게 왔을까?"

그래, 이 정도면 귀여운 만우절 장난이지, 라고 생각하며 성주는 애린의 머리를 쓰다듬었다. "우리 애린이가 친구들이랑 놀고 싶었구나, 그치."

"……저, 선생님, 오늘 애린이 생일 맞아요."

그때까지 아무 말도 없던 도연이 불쑥 말했다.

"나이스에 입력된 생일은 다르던데요?"

"그게, 애린이가 태어났을 때 상태가 많이 안 좋아서 한참을 병원에 있었거든요. 마음의 준비를 몇 번이나 했는데…… 그런데 잘 버텨줘서, 퇴원하는 날로 생일을 신고했어요."

애린이 끼어들어 소리쳤다. "다신 아프지 말라고 그랬대요!"

"그런데 정작 자기는 만우절이 진짜 생일인 걸 되게 좋아하더라고요. 그래서 생일 파티는 보통 만우절에 해요."

아…… 성주는 어떻게 반응해야 할지 몰라 탄식처럼 내뱉고는 덧붙였다. "미안해, 쌤이 오해했네."

"그래도 애린이가 거짓말을 하긴 했네요." 도연이 말했다. "친구들 불렀다고 뻥친 것 같던데. 하나도 안 불렀어요. 선생님만 초대했거든요."

◇

도연이 부엌에서 달그락거리는 소리를 내는 동안 애린은 구급상자에서 꺼낸 연고를 성주의 팔에 발라주었다. 굳이 자기가 바르겠다고 박박 우겼기에 그 작은 손에 팔을 내줄 수밖에 없었다.

"원래 사우스포, 아니 그러니까 왼손잡이, 왼손잡이랑 스파링을 하면 이렇게 상처가 많이 나. 방어하려고 내세운 앞손이 계속 얽히니까. 오른손잡이끼리 하면 안 나." 몹시 일상적이고 당연한 상처에 아이가 신경을 쓰게 한 것 같아 괜히 민망해져서, 성주는 애린이 묻지도 않은 정보를 주절주절 늘어놓았다. 정작 성주 자신은 단 한 번도 스파링하다 생긴 상처에 연고를 바른 적이 없었는데, 좀 부끄럽기도 했다. "보기엔 이래도, 별로 안 아파."

"쌤 오늘 완전 멋있었어요. 근데 힘이 좀 없는 것 같았어요."

우리 애린이가 잘 보네. 성주가 고개를 끄덕였다. 그러잖아도 인봉에게 계속 듣는 꾸지람이 그거였다. 헤드 움직임도 풋워크도 다 좋은데, 붙어서 몸싸움을 할 때마다 힘이 부족해 주먹과 몸이 뒤로 밀린다는 것. 인파이터 스타일로 훈련해온 성주에겐 치명적인 결점이었다.

애린이 연고 뚜껑을 닫자마자 기다렸다는 듯 부엌에서 다 됐습니다, 하는 소리가 들렸다. 애린이 득달같이 일어나더니 성주의 팔을 잡아끌었다. 내 마음이 얼마나 복잡한지 이 꼬맹이는 꿈에라도 상상할 수 있을까? 성주는 생각하며, 강낭콩만 한 아이의 힘에 질질 이끌려 부엌으로 향했다.

그곳은 지옥이었다.

온갖 종류의 빵과 과자가 차려진,

탄수화물 지옥.

"다 삼촌이 만든 거예요! 다 완전 맛있어요!"

성주는 눈을 질끈 감고 기도했다. 신이시여, 제발 저를 제 집으로 보내주세요. 그러다 이런 생각도 했다. 기절하는 척할까. 바닥에 쓰러져버릴까. 어차피 스파링도 했겠다, 머리를 맞은 데미지가 지금 왔다 치고……

그러나 방금 등록을 마친 귀한 신입 회원들에게 초장부터 복싱에 대한 공포를 심어줄 순 없었다. 그러다 등록 취소하면 어떡해. 인봉이 알면 발로 걷어찰지도 몰랐다.

"삼촌이 제가 좋아하는 것만 만들어줬어요!"

너는 좋아하는 빵이 사억오천팔백만 종류니. 정말 대단하구나. 성주는 희미하게 미소를 지었다. 체념적인 미소였다. 이젠 정말 피할 수가 없었다. 저 조그만 아이가 이렇게나 공을 들였는데, 먹긴 먹어야지. 그런데 저걸 먹으면 몇 킬로미터를 뛰어야 하지……? 머릿속에서 계산기가 바쁘게 돌아갔다.

어느새 손에는 빵인지 과자인지 모를 무언가가 하나 들려 있었다. 처음 보는 모양새였다.

"이거 이름이 갈…… 갈……"

"갈레트 브르통이에요." 도연이 더듬거리는 애린의 말을 잇더니, 웃으며 애린에게 말했다. "박애린. 저거 이름, 내년쯤이면 외울 수 있겠지?"

"너무 어려워." 애린이 투덜거렸다.

잘 구워진 갈…… 갈…… 갈 뭐시기의 표면은 반들반들했다. 먹지는 않고 그걸 손가락 끝으로 가만히 쓸어보다가 성주는 물었다.

"그런데 삼촌님은 제빵사세요?"

도연이 멋쩍은 목소리로, 아뇨, 그냥 취미예요, 라고 답했다.

"그런데 어떻게 이런 걸 다……"

"제가 집에서 일하거든요. 일하다 막히면 부엌 나와서 반죽 주무르고, 머랭 치고, 그런 데 익숙해졌어요. 그렇게 아무 생각 없이 몸 움직이다보면 다시 뭔가 아이디어가 나와서……"

"그건 저도 그런데!" 자기도 모르게 외치고 나서 성주는 지레 놀랐다. 목소리가 너무 컸나, 싶었다. 그러나 도연은 반가운 눈치였다. 그래서 성주는 용기를 얻어 말을 더 보탰다.

"머리 꽉 막혔을 땐 몸 움직이는 게 최고잖아요. 전 그래서 운동하는 건데."

"선생님도 아시네요. 근데 저는……" 도연이 쑥스러운 표정을 지었다. "저는 운동엔 영 젬병이라서요. 베이킹이나 하지."

"악력 엄청 세시던데요. 그게 다 반죽 주물러서 발달한 거죠?"

의아해하는 도연의 눈빛에 성주는 아, 하고 내뱉었다.

"아, 그때 그 장례식장에서……" 말하다가 갑자기 뚝 멈추었다. 애린이 옆에 있으니까. 애린 엄마의 영정이, 그리고 종옥의 영정이 비스듬히 서 있던 장례식장. 내가 말실수를 했구나. 성주는 아차 싶다가, 그래도 말은 끝까지 맺어야겠다 싶어 가까스로 이었다. "그때 제 어깨를 잡아주셔서…… 그때 손아귀 힘이 되게 좋으시다, 생각해서……"

"쌤 안 먹으려고 일부러 떠드는 거죠?"

애린이 성주의 말을 끊었다.

들켰다.

08

십오 킬로미터가 넘는 장거리를 달려보지 않은 사람은 두 가지를 절대 모른다. 첫째, 그렇게 달려도 소진되는 칼로리는 상상 이상으로 어마어마하게 적다는 것. 둘째, 그런 장거리를 달리고 나면 반드시 몸 어딘가에 쓰라린 상처가 남는다는 것. 같은 부위의 지속적인 마찰 때문인데, 남자들의 말을 듣자 하니 옷에 쓸린 유두가 짓무르는 경우도 있다고 했다. 성주의 경우엔 겨드랑이가 문제였다. 긴 거리를 달리고 나면 반드시 겨드랑이에 길고 붉은 상처가 선명하게 났다.

샤워기를 끄고 비누칠을 시작했다. 때수건으로 다른 곳을 빡빡 문지르다가도 겨드랑이만 가면 아기를 어루만지듯 아주 조심스럽게 슬쩍슬쩍 건드렸다. 쓰라려서 미간을 찌푸리고 앓는 소리를 내며. 그래도 어제 먹은 칼로리를 다 소모하지 못했다는 사실이 더 쓰라렸다. 두 시간이나 일찍 일어나서 가로등도 없는 논길을 죽어라 달렸는데도 부족했다.

갈레트 브르통. 말차 테린느. 얼그레이 파운드케이크. 버터바. 크림치즈 피낭시에. 또 뭘 먹었더라. 티라미수였나. 느끼해질 때쯤이면 귀신같이 커피가 등장했고, 이젠 정말 집에 가야겠다, 싶을 때는 어디선가 무알코올 샴페인까지 튀어나오던……

"지옥이야. 악마들."

뜨거운 물을 맞으면서 중얼거렸다. 나를 파멸시키러 온 게 분명해…… 그리고 그 악마들은 오늘부터 체육관에까지 드나들지…… 아, 어떡하지…… 그래, 설마 계속 다니겠어? 한 달 정도 다니다가 그만두겠지…… 그런데 만약 안 그만두면?

"그만두게 해야지. 어떻게 해서든."

다시는 이렇게 휘둘릴 수 없었다.

"내가 그만두게 만든다. 무슨 짓을 벌여서라도."

으악! 비누칠을 다 하고 샤워기로 몸을 헹구면서 다시 성주는 비명을 질렀다. 겨드랑이가 활활 타올랐다. 날개가 돋아 아기장수 우투리가 될지도 몰라. 아픔이 극에 달하니 별의별 생각이 다 들었다.

아무것도 걸치지 않은 채로 거실 바닥에 물을 뚝뚝 흘리며 돌아다니는 성주를 보고 종옥은 기함했다. 두 손을 뻗어 트로 피에 놀러와 있던 정 사자의 눈구멍을 꾹 짓눌렀다. 아! 정 사 자가 비명을 질렀다. 이종옥 씨 나 눈 찔렸어요!

"죽었으면서 눈이 찔리든 말든 뭔 상관이여."

하여간 내가 그렇게 뭐라고 했는데도 쟤는 저렇게 빨가벗 고 다니는 걸 좋아해. 환장할 노릇이었다. 성주가 두 팔을 쭉 뻗으며 스트레칭을 시작하자 종옥의 눈알이 앞으로 쭉 튀어 나왔다. 아니 세상에, 내 새끼 겨드랑이에 저게 무슨 흉한 상 처야?

"권투를 한다고 저런 상처가 생길 일이 있나?"

힘 빠진 종옥의 두 손을 벗어난 정 사자도 놀란 눈치였다.

"없지?"

"예. 아무리 생각해도 저기에 상처가 날 일은…… 그리고 맞은 상처가 아닌데요, 저건. 칼로 벤 건가? 세상에……"

"오메, 저것이 무슨 일이여. 세상에 내 새끼한테 지금 무슨 일이 일어나는 거냐…… 밖에서 무슨 일을 당하고 돌아다니 는 거여."

"뭔가 위험한데요 종옥 씨. 그죠."

"그런데 왜 나는 알지도 못하고 여기 처박혀서, 쓰벌 놈들아, 나를 왜 여기 가둬놓았냐, 이 잡것들. 어?"

이 트로피에 들어오겠다고 선택한 건 종옥 씨입니다만……정 사자는 바른말을 던지려고 고개를 돌렸다가, 종옥의 얼굴이 새파랗게 질린 것을 보고는 입을 꾹 다물었다. 망자답지 않게 살갑고 정 많은 이 할머니를 정 사자는 퍽 좋아했기 때문에, 어떻게든 도와주고 싶어졌다. 게다가 저 깊게 베인 듯한 상처가 정말로 드문 위치에 생긴 건 사실이었다. 대체 어떤 상황이 닥쳐야 양쪽 겨드랑이에 대칭 모양의 자상이 생길 수 있는 거지? 정 사자는 머리를 굴렸는데, 하필이면 너무 남사스러운 상상밖에 들지 않아서, 차마 종옥에게는 말을 하지 못했다. 정 사자는 살아 있을 때부터 좀 남다르게 자유분방하긴 했는데, 정말이지 아무도 이해해주지 않았으니까……

그러면 도울 방법은 하나뿐이었다.

"밖으로 나가서 확인해보면 되는 거잖아요. 그죠?"

종옥이 고개를 휙 돌려 정 사자를 돌아보았다. 주름진 눈에 눈물이 그렁그렁해서 정 사자는 깜짝 놀랐다.

"다른 데로 갈 수 있어?"

"아뇨, 트로피 안에 계속 계실 수밖에 없는데." 내가 어쩌다 이렇게 오지랖 넓은 저승사자가 됐담. 절대로 이런 짓을 하고 싶진 않았는데. 정 사자는 뒤늦게 후회했지만 이미 뱉은 말은 주워 담을 수 없었다. "트로피가 밖에 나가면 되는 거잖아요. 어떻게, 제가 방안을 한번 생각해볼게요, 이종옥 씨."

◇

"삼촌은 생전 운동 한 번 안 하셨나보다, 그치 애린아? 우리 애린이는 이렇게 잘하는데."

인봉이 이단쌩쌩이를 하는 애린 옆에서 너스레를 떨었다. 도연은 줄 한 번을 제대로 못 넘었다. 성주는 일부러 그쪽을 보지 않으려 애를 썼다. 그러나 자꾸만 눈길이 가는 걸 어쩔 수 없었다. 세상에, 태어나서 저렇게 약해 보이는 수수깡은 처음이야. 저 가느다란 다리 좀 봐. 좁다란 어깨는 어떻고? 어느 근육의 무슨 힘으로 이 험난한 세상을 살아온 건가요, 삼촌님?

그렇게 속으로 불퉁거리면서, 반대로 도연과 애린이 자신을 어떻게 볼까 역시 여간 신경 쓰이는 게 아니었다. 특히 샌드백을 칠 때 기합 소리를 우렁차게 넣는 게 습관이었는데, 제자와 그 삼촌이 옆에 있으니 이상하게 자꾸만 목소리가 기어 들어갔다. 애린이가 돌봄반에서 나를 흉내내면 어떡하지?

아니면 초보인 자기 앞에서 잘난 척한다고 도연이 재수없게 생각하면 어떡하지? 혹시 소문이 나면, 돌봄반 교사가 폭력적인 성향을 보인다고 싫어할 학부형이 있진 않을까? 너무 많은 생각들이 꼬리에 꼬리를 물었다.

"고성주. 집중 안 하지."

초보들에게 콩콩이 스텝을 시키곤 성주의 근처로 낌새도 없이 다가온 인봉이 스틱 미트로 성주의 어깨를 후려쳤다. "우리 선수님, 선수님은 집중을 안 하면 백 프로 얼굴에 티가 나요, 내가 몇 번을 말해."

젠장, 제가 집중을 하게 생겼냐고요. 성주는 속으로만 꿍얼거리며 오른손으로 샌드백을 후려 감았다. 인봉은 아직 성주와 두 사람의 관계에 대해 전혀 모르고 있었다. 물론 알아봤자, 너 운동 집중하는 거랑 그거랑 무슨 상관인데, 라고 핀잔을 줄 위인이긴 했지만.

"그런데 저 언니는 진짜 선수예요? 운동을 엄청 오래했나 봐요?"

성주가 잠시 숨을 고르며 물을 마시는데, 애린이 인봉에게 묻는 소리가 들렸다.

"야 성주야, 들었냐? 애기가 언니랜다 언니!"

성주는 그만 물을 뿜고 말았다. 아 예, 예, 닦는다니까요, 닦아요. 인봉의 잔소리를 듣는 둥 마는 둥 하며 창고에서 대걸레를 가져와 제 흔적을 닦았다. 링사이드에 애린과 도연을 함께 앉혀놓곤 밴디지 감는 법을 설명하던 인봉이 인자한 척 오만 가식을 떨며 제 얘기를 하는 꼴을 보지 않으려 등을 돌리고서는.

"저 언니가 오래했지. 처음 왔던 날 미트를 딱 치는데 관장님 손바닥이 싸악 얼얼한 거야. 오, 빠따 좀 타고났는데? 싶었지."

"빠따는 삼촌이 빵에 넣는 건데 빠따 타고난 게 뭐예요?"

"아…… 그게 아니고 관장님이 말하는 빠따는 그러니까, 주먹이 아프다는 뜻이야."

"엄청 쎈 거예요, 그럼?"

"그렇지. 아마 우리나라에 사는 여자들 중에선 제일 쎌걸?"

허풍은. 성주는 대걸레를 가져다 놓고 다시 글러브를 끼었다. 아직 샌드백 쳐야 하는 라운드가 더 남아 있었다. 최대한 시끄럽게 쳐서 떠들지도 못하게 해야지. 성주는 생각하며, 애꿎은 타임 벨만 노려보았다.

"선수였어, 저 언니가. 시합도 몇 번이나 했었다?"

"우와!"

멈칫. 기다리던 타임 벨이 울렸지만 성주는 주먹을 올리지 않고 우두커니 서 있었다.

'선수였다' '했었다'.

한 번 패를 기록한 프로 선수에게 기회가 오지 않을 수도 있다는 사실은 성주 역시 잘 알았지만, 시합을 간절히 하고 싶었다. 자다가도 시합을 하는 꿈을 꾸곤 벌떡 일어날 정도로 원했다. 관객도 들지 않고 대전료는 이십만원도 채 안 되는 시합을 뛰려면 배보다 배꼽이 더 컸지만 그래도 링 위에 있을 때, 가장 오래 꾼 꿈을 이룬 느낌을 매번 받았으니까. 돌봄 교사란 직업도 사랑하지만 어린 성주가 그렸던 미래는 뭐니 뭐니 해도 '쎈 공주'였으니까. 경기를 풀어나가며 자신이 살아 있다는 확신을 강하게 얻곤 했으니까. 인봉 역시 자기만큼의 의욕을 다시 가져줄 거라고 성주는 믿었다. 제자를 위해 어떻게든 뛰어다니면서 새로운 기회를 잡아줄 것이라고.

그래서 과거형의 그 말을 믿을 수가 없었다. '시합도 한다'가 아니라 '했었다'라니. 인봉의 마음속에서 성주는 뭘까. 둘이서 그런 대화를 한 적이 아득하다는 사실을 성주는 비로소 깨달았다. 그냥 관성적으로 체육관에 오고, 매일 똑같은 훈련을 반복하고, 너무나 익숙해진 서로의 얼굴을 보며 농담을 따먹었을 뿐, 앞으로의 계획이나 목표에 대해선 서로 함구한 지 오래라는 것을. 성주는 패한 게 뼈아파서, 그리고 인봉은 아마도, 힘없고 빽 없는 자신이 패배의 원인인 것 같아 미안하기 때문에.

……혹은 이길 수 있는 시합을 이기지 못한 성주에게 실망해서.

그러나 이러니저러니 해도, 만약 프로모터가 시합을 다시 잡아줄 의지가 없다면 선수 생명 역시 그대로 끝 아닌가. 성주는 서러워졌다. 뼛속까지 잘 안다고 자부했던 인봉이 무슨 생각을 하고 있는지 알 수 없어서 야속해졌다. 내가 이렇게까지 열심히 운동하고 굶으며 악착같이 몸을 만들고 있는 걸 빤히 알면서도 어떻게……

"또 언제 해요? 시합?"

인봉에게 묻는 애린의 목소리가 늦잠을 깨우는 알람처럼 울렸다.

"삼촌이랑 보러 갈래요. 언제 해요?"

인봉은 난처한 표정으로 웃으며 얼버무리려 했지만 애린이 세 번쯤 더 묻자 마침내 대답했다. 그게, 저 언니는 시합 쉬는 중이야. 원래 저 언니가 선수가 아니고 학교 선생님이거든? 언니가 자기 일에도 집중해서 열심히 하니까, 시합까지 생각할 여유가 없어. 애린이도 크면 알게 될걸? 두 개를 동시에 하는 건 되게 힘들어. 그래도 저 언니가 대단한 거야. 지금까지는 그렇게 해왔으니까. 근데 맞다, 애린이 학교 어딘지 관장님이 안 물어봤구나?

　꼴사납게 터져버리고 말았다.

09

글러브를 오래 사용하면 내부가 먼저 터진다. 주먹을 휘두르는 내내 손톱이 계속해서 내부를 건드리기 때문에, 견디지 못한 안감이 찢어지고 충전재가 튀어나온다. 훈련을 끝낸 후 글러브를 벗으면 먼지 같은 충전재 조각이 우수수 떨어진다. 그때쯤이 되면 솜도 거의 죽어서 손을 잘 보호해주지 못하니, 얼른 새 글러브로 바꾸지 않으면 보기에도 지저분하고 건강에도 좋지 않다. 그러나 정작 보는 사람은 그 글러브의 안쪽이 얼마나 헐었는지, 보호받지 못하는 손이 얼마나 아플지 알지 못한다. 직접 사용하는 사람만이 느낄 뿐이다.

성주는 자신이 펄펄 뛰는 꼴이 그렇게 안쪽이 터져버린 글러브와 비슷해 보일 거라고 생각했다. 겉으론 멀쩡한 줄 알았는데 알고 보니 상태가 개판 오 분 전인, 당장 갖다 버려야 하는 체육관 공용 글러브 같은.

"울지 마요, 쌤……"

도망치듯 내려온 놀이터까지 따라온 애린은 성주의 어깨를 쓰다듬었다. 여기선 쌤이라고 부르네. 체육관에선 잘도 모르는 척 연기했으면서. 그렇게 핀잔이라도 주려 했는데 눈물이 너무 나와서 결국 내뱉는 거라곤 힉끕, 하는 딸꾹질뿐이었다.

"보자 보자 하니까 진짜 너무하네, 진짜!"

돌봄 교사씩이나 되어서 여덟 살짜리 아이와 보호자 앞에서 볼썽사납게 오열하고 있는 이 민망한 상황을 어떻게 해결하면 좋을지 아찔하다는 생각이 들기 무섭게 옆에서 버럭 외치는 소리가 들렸다. 목소리의 주인공은 자기 생각보다 너무 데시벨이 크다는 느낌이 들었는지 제풀에 화들짝 놀라 바르르 떠는 눈치였다. 도연이었다. 그 쩌렁쩌렁한 소리에 성주 역시 깜짝 놀랐다. 눈물이 쏙 들어가버렸다.

"예?"

"네?"

"삼촌님 화나셨어요?"

"아니, 그러니까……"

"네."

그게, 사람 희망을 멋대로 짓밟잖아요…… 도연이 목을 움츠리고는 주워섬겼다. 선생님께서 그렇게 열심히 운동을 하시는데…… 세상 무슨 취미생이 그렇게 운동을 심하게 해요…… 누가 봐도 목표가 있는 분인데…… 그런데 맘대로 그렇게…… 그 뭐냐…… 맘대로 앞날을 정해버리고……

아니, 어째 저렇게 움츠려도 목이 기다랗데? 횡설수설하는 도연을 보는 성주의 머릿속에 엉뚱한 생각이 불쑥 끼어들었다. 성주는 정신 놓고 있다가 그 생각을 입으로 뱉을 것 같아서, 황급히 그날의 이야길 꺼냈다.

"근데 사실 제가 그날 호수공원에서 지지만 않았어도 이런 일 없었을 거예요."

"안 진 경기라고 선생님도 확신하시잖아요." 그 말을 할 때만큼은 도연은 말끝을 흐리지 않았다.

"저 때문에 대신 화내주신 거예요?"

이 물음에 대한 대답을 할 때에는 목이 주욱 길어졌다.

"대신 화내준 게 아니고 저도 같이 화난 건데요."

성주는 그만 피식 웃어버리고 말았다.

위에서 인봉이 처다보든 말든.

종옥은 고요한 마당에서 사람들의 목소리가 도란도란 들려오자 귀를 쫑긋 세웠다. 하나는 성주, 하나는 남자, 다른 하나는 아이. 현관문이 열리고 척척 거실에 들어선 얼굴들을 보고는 이마를 감싸쥐었다. 또 저 가시나에 놈팡이네. 그 가시나의 표정이 종옥 쪽을 보고는 밝아지는 것도 필사적으로, 아니 그러니까 이미 죽었으니 필사라고 하면 어불성설이니까 안간힘을 다해, 모르는 척했다. 안 보인다 너는. 너는 내가 안 보인다…… 다 내 착각이다……

"안 버리고 모아두길 잘했네요." 성주가 방에서 무언가를 한아름 들고 와 펼쳐놓았다. "제가 좀 장비 욕심이 있어서. 안 써본 건 다 사서 써보고 싶어하는데…… 사실 그러느라 통장은 아직도 거지죠 뭐. 얘네 다 아직 짱짱한 애들이에요."

"와, 예쁘다. 애린아 그렇지?"

남자의 말에 애린이 종옥을 바라보던 눈길을 휙 돌리고는 글러브 더미들을 향해 쪼르르 걸어갔다. 애린이 하나하나 만져보는 동안 남자는 트로피 쪽을 힐끗거렸다.

"애린이가 이상하게 저 트로피에 관심이 많더라고요. 집에 와서도 몇 번을 얘기했어요."

"목이 잘려서 그런가? 원래 어렸을 땐 이상하게 기괴하고 무서운 것에 열광하지 않아요? 〈전설의 고향〉 같은 거. 귀신 얘기."

"맞네요. 하긴 초등학교 다닐 때 툭하면 선생님한테 무서운 얘기 해달라고 조르고 그랬네요, 저도."

안 무서워. 애린이 중얼거렸다. 응 맞다, 우리 애린이는 아주 용기도 많고 씩씩해서 안 무섭겠지. 성주가 대답하자 애린이 도연을 바라보았다. 도연이 어깨를 으쓱하자, 애린이 손으로 도연의 무릎을 퍽퍽 소리 나게 때렸다. 이게 무슨 뜻이야? 무슨 신호지? 성주에게 의아한 마음이 들자마자 도연이 입을 열었다.

"알겠어, 말할게. 애린이가 자기에 대해서 쌤한테 말해주고 싶어서 안달이구나. 쌤이 엄청 좋은가보다."

다시, 퍽퍽. 도연은 일부러 애린의 귀에 대고 우는 소리를 냈다.

"사실은 애린이가 귀신을 안 무서워하는 이유가 있어요."

"그래요?"

"제가 하는 일 때문이에요. 제 직업이 귀신 얘기 만드는 거거든요."

"에?"

"그런 거 있죠, 음, 호러 웹툰을 그려요……" 도연의 목소리가 조금 작아졌다. "그런데 그릴 때마다 애린이가 그날그날 뭘 그렸는지 꼭 물어보곤 아이디어를 더 줘요. 무서운 이야길 하면서 빵을 구워 먹고. 그러니까 애린이 입장에서는 귀신 얘기가 빵 맛이랑 어떻게 이러쿵저러쿵 결합이 되어서, 되게 맛있는 걸로 느껴지나봐요."

"와! 완전 공감각적 교육이네요!"

성주가 말하자 도연이 빤히 성주를 몇 초간 쳐다보더니, 미소를 지었다. "그렇게 말씀하시는 분은 처음 봐요. 전 조금 걱정했는데."

"왜요?"

"그냥……뭔가……" 애린은 자기가 가장 좋아하는 색의 글러브를 품에 안았다. 그리고 도연은 그런 애린을 안았다. "한 서린 죽은 사람 많이 나오는 이야길 쓴다고 하면 다들 인식이 안 좋아진 티를 내시니까…… 음침한 놈이구나 저거, 하는 소리도 어른들한테 많이 들었고요."

"어이없네. 그럼 저는 남 패길 좋아하는 잔인한 사람이게요?"

도연이 웃었다. "그러네요, 선생님도 그런 분 아닌데."

"그런데 우리 외할머니는 그렇게 생각해서 저걸 저 지경으로 부숴놓은 거 아녜요." 성주가 트로피를 가리켰다. 애린의 고개가 다시 트로피 쪽으로 휙 돌아갔다. 쳐다보지 마 이 가시나야! 종옥이 두 팔로 몸을 감쌌다. 왜 저 가시나 앞에서는 꼭 벌거벗은 느낌이 드는지 모를 일이었다.

"얼마나 맛있는 빵을 먹었길래 귀신 얘기도 그렇게 잘 듣게 되었을까?"

성주가 애린의 머리를 쓰다듬었다. 애린이 아직 도연의 품 안에 있었기에 성주의 팔과 도연의 몸이 퍽 가까워졌다.

"쌤도 저번에 먹었잖아요."

종옥의 귀가 번쩍 뜨였다. 뭣이라고라? 내 새끼가 빵을 먹었다고?

"응. 먹었지."

"그때 먹은 것 중에서 뭐가 제일 맛있었어요?"

'제일'?

하나만 먹은 게 아니라고?

애린과 도연이 저마다 고른 용품을 성주는 커다란 김장용 비닐봉지에 싸주었다. 이젠 김장도 안 해서 이런 봉지 필요도 없을 텐데, 하고 민망함에 작게 구시렁대면서. 워낙 부피가 커서 도연이 손을 내밀어 짐을 꾸리는 것을 도와주었다. 운동용 보스턴백 사면 좋아요, 편하고. 이런 봉다리에 들고 다니면 본새도 안 나잖아요. 성주가 말하자 도연이 고개를 주억거렸다.

그리고 애린은 골똘히 종옥과 눈싸움을 하고 있었다.

"아, 맞다!" 갑자기 외친 성주가 손뼉을 쳤다. "혹시 무릎이나 발목 안 아프세요? 저는 처음에 스텝 연습하면서 많이 아팠는데. 보호대도 있는데 까먹고 있었네. 얼른 방에 들어가서 찾아 올게요. 조금만 기다리세요."

"그러면 저는 화장실에 좀 다녀와도……" 도연이 꾸러미의 매듭을 다시 풀고는 손을 탁탁 털고 허리를 폈다. "실례가 안 된다면……"

"아 예, 그럼요! 편하게 쓰세요!"

성주는 두 사람을 보내고 들어와 때꾼해진 두 눈가를 문질렀다. 시간도 늦은 데다, 아무래도 난데없이 눈물까지 흘렸으니. 그렇게 비칠비칠 욕실로 들어가 이를 닦고, 샤워를 하고, 걸어 나오던 중에 식탁 위에 초면인 물건이 있는 걸 보았다. 작은 상자였고, 안에는 얇게 저민 사과가 올라간 작은 페이스트리 파이가 있었다. '선생님, 내일 아침에 드세요. 아침 사과는 금입니다. 그리고 설탕은 절반만 넣고 몸에 좋은 꿀을 발랐으니까 걱정하지 마세요.' 가나다라 쓰기를 배우는 애린의 것과 똑 닮은 글씨체. 애린이 도연의 글씨를 따라 배운 게 분명했다. 이응이 다른 자음에 비해 아주 커다래서 문장 전부가 몹시 둥글어 보였다. 성주는 페이스트리 표면을 이루는 몇 겹의 층을 가만히 바라보다가, 어이가 없어서 웃고 말았다. 아니 잉여 칼로리면 하늘이 두 쪽 나도 잉여 칼로리지, 설탕 절반 넣었다고 괜찮을 건 또 뭐란 말인가. 그럴 거면 왜 빵을 먹어. 그래도 얇은 사과 조각이 노랗게 빛나는 걸 구경하고 있자니 조금은 그 맛이 궁금했다. 새벽같이 일어나 먹고 달리기를 하면 금방 소진할 수 있을 것 같았다. 성주는 페이스트리를 다시 상자에 집어넣고, 방에 들어가 문을 닫았다.

10

    종옥은 고래고래 소리를 지르고 욕까지 해대서 목이 완전히 쉬어버렸다. 아니 죽었는데 왜 목은 쉬고 지랄이여? 대답 좀 해봐, 어? 불러도 역시 저승사자들은 저 불리할 땐 죽어버린 듯 아무런 대답을 하지 않고 모습도 드러내지 않았다.

    두 어른이 모두 옆을 비운 사이 그 맹랑한 가시나는 트로피를 손에 잡더니 커다란 꾸러미에 쑤셔박았다. 눈 깜짝할 새 밴디지와 글러브와 각종 용품들 사이에 갇히게 된 종옥이 비명을 지르며 살려달라 외쳤지만 누가 들을 수 있을 리 만무했다. 그렇게, 멀미 나도록 흔들리는 꾸러미에 갇혀 가시나네 집으로 납치되었다. 시야를 온통 시뻘건 가죽 글러브가 막고 있었는데, 드디어 빛이 들어와 눈을 비벼 똑바로 보니 알록달

록한 침구와 작은 책상이 놓인 낯선 방이었다.

"할머니."

가시나가 대뜸 종옥을 불렀다. 종옥은 기절하는 줄 알았다.

"우리 엄마는 안 보이는데 대신 할머니가 보여요."

가시나가 말했다.

"엄마가 어디 가 있는지 알려주세요. 우리 엄마 한국 이름
은 하심미예요. 할머니랑 같은 장례식장에 있었어요. 저도 할
머니를 도와줄게요."

왜 울어, 마음 약해지게시리.

"할머니는 소원이 있어서 남은 거잖아요."

쬐그만 것이 많이도 아네.

"우리 엄마는 저한테 아무 소원이 없어서 그냥 바로 가버린
걸까요? 얼굴도 안 보고요?"

부모 둘을 모두 잃은 성주를 맡게 되었을 때 주변 친구들
이 조기교육의 중요성을 그렇게 강조했었다. 제대로 안 돌보
면 부모 없이 자란 애 티가 난다면서. 그럴 때마다 종옥은 입
을 비쭉거리며 조기교육은 무슨, 구박 먹이려면 먼저 조기라
도 구워주고 먹여라, 하고 핀잔을 놓곤 했는데 오메, 정말인
모양이었다. 조기교육이 효과적이란 그 말이.

귀신을 보는 조기교육이 뭐가 좋은가 의문이긴 했지만.

가시나는 집에 아무도 없을 때 트로피를 들고 나가 구경을 시켜주었다. 종옥이 그렇게 손녀를 물고 빨았어도 안방을 내줄 생각은 않았었는데, 가시나는 떡하니 가장 큰 안방을 차지하고 있었다. 인형도 책도 아주 많았는데 아주 잘 정리되어 먼지 한 톨 없었다. 부엌 역시 아주 커다랬고 찬장에는 뭔가 처음 보는 식재료들도 어마어마하게 많았다. 역시 깔끔하게 정돈되어 있었다. 우리 고성주가 저런 걸 보고 배워야 하는데. 정리정돈 좀 하고 살라고 한소리 하면 성주는 그렇게 어질러놓아야 마음이 편하다고 받아쳤다. 세상 뜨기 몇 년 전부터는 종옥 역시도 눈이 침침해져 쌓인 먼지나 잘 안 닦인 그릇 같은 걸 잘 보지 못해왔고. 종옥은 이 집에 사는 사람들에 대해 아주 조금 호감이 생기기 시작했다.

가시나는 작은방도 구경시켜주었다. 삼촌 방이에요. 아주 커다란 컴퓨터와 종옥으로서는 이름을 알 수 없는 전자기기들이 놓여 있었다. 반질반질한 책상 유리에 목 달아난 트로피가 비쳐 보였다. 죽고 나서 제 몸이 된 트로피의 모습을 실제로 다시 본 것은 처음이었다. 종옥의 기억보다 훨씬 흉했다. 부수지는 말걸. 뒤늦게 후회하며 혀를 차도 소용없는 일이었다.

손님방이라고 들어간 곳은 고요했고 단출했다. 이불 한 채가 얌전히 개켜져 있었고, 여느 시골집이 그러하듯 손님방이라기보단 거의 창고에 가까웠다. 바닥에 늘어선 담금주 병들을 보고 종옥은 목이 마르다고 생각했다.

  우리집 좋죠? 가시나가 물어서 종옥은 대답했다. 응, 좋네. 좋아. 아주 깔끔하고 먹을 것도 많고.

  "다 우리 삼촌이 정리한 건데."

  "신통하네."

  "근데 자꾸 밤에 청소를 해요, 요새."

  "응?"

  "밤에 잠이 안 온대요, 삼촌이."

  마당에서 인기척이 들리자 가시나가 서둘러 의자에 올라서더니 종옥을 부엌의 찬장 어딘가 숨겨두었다. 유리문이 달린 찬장이라 밖을 내다볼 수 있었다. 곧 도연이 장바구니를 가득 들고 부엌으로 돌아왔다. 둘은 냉장고를 열고, 도연이 사 온 것들을 하나하나 정리했다. 종옥이 있는 곳에선 냉장고의 내부가 잘 보이지 않았다. 종옥은 조금 약이 올랐다. 저 안은 또 얼마나 재미있을까. 종옥은 남의 냉장고 구경하는 것을 어지간히 좋아했다. 냉장고에 든 재료를 가지고 셰프라는 사람들이 나와서 요리하는 프로그램을 볼 땐 꼭 성주를 옆에 앉혔다. 어쩜 저렇게 요리들을 잘하냐? 저건 정말 먹어보고 싶다. 종옥이 호들갑을 떨면 성주는 시큰둥하게 대꾸했다. 할머니, 나 손재주 없다고 욕하는 거야 지금?

"우리 애린이 토요일이라 학교도 못 가고 체육관도 못 가고."

"심심해."

"삼촌 빵 만드는 거 도와줄래?"

"응. 뭐 만들어?"

두 사람은 두런대고 가끔은 투닥거리며 부엌을 오갔다. 어떻게 보면 아주 숙련된 장인과 그의 보조 같기도 했고, 간혹 심술궂은 표정으로 서로의 얼굴을 향해 밀가루를 날리는 걸 보면 작당 모의를 하는 악당들 같아 보이기도 했다. 그런데 저 아이 엄마는 정말로, 어디 간 걸까. 종옥은 혼자 생각에 빠졌다. 아이가 이 동네에서 오래 살았다면 죽은 사람들도 많이 보았을 것이다. 나이든 사람들은 땡볕 밑에서 혼자 논두렁을 걷다가 넘어진 후 일어나지 못해 아사하기도 하고, 오지 않는 자식들을 기다리다가 농약을 마시기도 하고, 요양병원의 침대에 누워 집에 보내달라고 울다 죽기도 했다. 젊은 사람들은 유산을 두고 싸우다 칼에 찔리기도 하고, 드문드문 서 있는 공장에서 기계에 끼어 죽기도 하고, 막막한 삶에 지레 겁을 먹곤 목을 매기도 했다. 모두 종옥의 경우와는 달리 쉬쉬하는 죽음, 육개장 국물에 섞여 아주 조용히 소문으로만 퍼지는 죽음이었다. 미련 없이 홀가분하게 떠날 수 있는 사람이 많지는 않았을 터였다.

아이의 침대 옆에 붙어 있던 사진들이 떠올랐다. 갈색 눈이 둥그렇던 여자는 왜 그렇게 일찍 세상을 떠나야 했을까. 그런데 왜 딸을 보러 오지 않을까. 딸이 귀신을 보는 걸 알았을까. 어쩌면 그래서 오지 않는 것일까.

"아빠한테서 전화 왔었어?"

"응. 학교에서 누가 제일 좋으냐고 해서 돌봄 쌤이 제일 좋다고 했어."

도연이 미소를 지었다. "아빠는 그런 뜻으로 한 말이 아닐 텐데."

"그리고 삼촌이랑 같이 복싱장 다닌다는 얘기도 했어."

"그래?"

"아빠가 진짜 깜짝 놀랐어. 삼촌이 운동을 하는 건 태어나서 처음 본대."

"나한테 관심도 없었으면서 이제 와서 관심 있던 척은."

"그래서 삼촌이 그만둔다고 해도 내가 절대 그만두지 못하게 막으라고 아빠가 그랬어." 애린이 반죽을 치댔다. 저 작은 손으로 뭐가 될까, 종옥은 고개를 갸웃했는데 의외로 나름 성깔이 있는 손길이었다. "그래서 내가 뭐라고 그랬게?"

"뭐라고 했는데?"

"삼촌이 돌봄 쌤 좋아해서 안 그만둔다고."

아이의 표정은 득의양양했다.

"부끄러워하지 마! 사람이 사람 좋아하는 건 부끄러워할 게 아니야!"

"야 박애린. 그거 너 학교에서 고백받았을 때 내가 했던 말이잖아. 왜 따라 해."

종옥은 뒤집어지는 줄 알았다. 실제로 몸이 있었다면 종옥이 뒤로 넘어가는 바람에 그릇이 우르르 떨어져 산산조각 났을 터이다.

"그럼 뭐. 내 말이 틀려 삼촌? 아빠도 바로 그랬다고, 어쩐지 삼촌이 웬일로 운동을 다 하나 했다고."

11

"이건 아니여."

종옥은 중얼거렸다.

"이런 식으로 소원을 이루게 해달란 건 아니었다고, 이 양반아."

"저희도 어떻게 소원이 이루어질지는 모른다니까요? 그러니까 종옥 씨, 그게요…… 저희가 소원 들어드리는 방식이, 인터넷 지도 같은 거랑 비슷한 거예요. 저희가 목표 지점을 찍어놓으면 현 위치에서 거기까지 가는 최단 경로를 안내해주는 건데, 버스를 탈지 지하철을 탈지 몇 번 갈아탈지는 저희가 알 수 없는 거란 말이에요. 목표는 고성주 씨가 꾸준히 빵을 먹는 거였고, 저희는 그것만 입력해놓았는데 알아서 주변의 빵 굽는 남자가 걸린 거죠, 뭐. 저희는 하나도 건드린 거 없다니까요?"

"취소해."

"……취소 못해요. 낙장불입입니다. 아니 그런데 뭐가 그렇게 맘에 안 드세요, 네?"

"이런 씨부럴."

종옥은 마른세수를 했다. 땀을 뻘뻘 흘리며 변명하던 정 사자는 종옥이 조금 조용해지자 금세 꼬리를 감추고 슬그머니 내뺐다.

1998년, 종옥과 가장 친했던 동네 친구의 사위가 갑작스레 쓰러졌다. 원인 불명이라고 병원에서는 고개를 저었지만, 친구는 갑자기 사업이 망한 충격이라고 장담했다. 사위는 손쓸 새도 없이 세상을 떠났다. 그가 떠나자마자 그의 아내는 낙엽처럼 쪼그라들더니 제 엄마에게 아이를 떠넘기고는 자취를 감췄다. 친구는 이를 바득바득 갈았다. 내가 그러게, 그렇게 몸이 약해빠져 보이는 남자는 네 인생에 하등 도움이 안 된다고 몇 번을 말렸는데 기어코 멋대로 결혼을 해버리더니. 남들은 아무리 실패해도 악착같이 살던데, 이게 불효지 뭐가 불효냐. 나쁜 년. 코딱지만한 미송면에서 손꼽히는 '딸 바보'였던 친구는 종옥과 막걸리를 마시며 몇 날 며칠을 엉엉 울었다. 화병이란 게 참 무서운지, 친구는 곧 자리 펴고 드러눕더니 겨우 석 달 만에 허무하게 떠나버렸다. 손녀 하나만 덩그러니 남겨놓은 채로.

우리가 사정이 너무 안 좋아서요. 종옥이 연락을 할 때마다 아이의 친척들은 난색을 표했다. 다른 때면 모르겠는데, IMF 터지고 당장 저희도 죽을 맛이에요. 저희 식구 입에도 풀칠 못할 판인데, 아무래도 무리입니다. 답변들은 하나같이 복사한 듯 똑같았다.

아이는 눈치가 빨랐다. 종옥이 안방에서 아이의 친척들에게 전화를 돌리고 있으면 일부러 거실에서 노래를 부르거나 춤을 췄다. 자기는 하나도 못 듣고 있다는 척, 무슨 일이 일어나는지 모른다는 척, 절대 슬프고 상처받지 않는다는 척. 그렇게 몇 주가 지났을까. 결국 그 어린 애가 눈치를 보는 게 싫어서 종옥은 말해버렸다.

오늘부터 여기가 네 집이다. 나는 네 외할머니고.

"너는 힘세고 튼튼하고 건강한 사람이랑 만나야 돼. 비실이를 데려오면 아주 혼쭐이 날 줄 알아."

종옥은 성주가 열 살이었을 때부터 입버릇처럼 말하며 주입했다. 친구의 마지막 소원이 아마 이게 아니었을까, 추측하며. 그러면 성주는 대답했다.

"내가 튼튼하면 안 돼?"

"우리 성주는 당연히 튼튼해야지. 그런데 성주보다 더 힘세야 돼. 어디서 살도 안 붙은 뼈다구 같은 인간 데려오기만 해봐. 할머니가⋯⋯"

종옥은 주먹을 쥐고 흔들었다.

"할머니가 집에는 한 발짝도 못 들어오게 할 거니까. 알았어? 허벅지 두껍고 팔 튼실한 놈으로. 어?"

열 살짜리에게 할 말은 아니었는데. 성주는 그럴 때마다 물었다. "언제까지 이 얘기 할 거야 진짜. 내일 또 할 거지?"

왜 종옥이 그토록 '비실이는 안 된다'를 강조했는지 마침내 알게 되었을 때에도, 성주는 별로 특별할 것 없다는 듯 그랬구나, 확실히 손녀 걱정은 외할머니지, 라고만 중얼거리고 넘어갔다. 종옥은 그게 고마웠다. 성주는 자라는 내내 종옥과 거리를 두지 않았고, 제 부모가 없으며 종옥이 진짜 자기 혈육이 아니라는 사실 따위를 두고 우울해하거나 갈등하는 기색도 보이지 않았다. 그저 밥을 싹싹 잘 먹고, 교복 잘 차려입고 조용히 학교를 다녔으며, 수능 보고 나서는 종옥의 술친구가 되어주는 일도 많았다.

"이걸 알면 걔가 날 죽이겠네……"

자신도 이미 죽었으면서, 종옥은 이런 사달을 막지 못한 자신을 자책했다. 친구의 유언이라고 할 만한 게 오로지 '비실이는 만나지 말라'뿐이었는데, 종옥이 빈 소원 때문에 그마저도 정면으로 거스르는 일이 생기고 말다니. 종옥은 미간을 찌푸렸다. 여기 떠나 진짜 저승에 가면 친구를 만나게 되나? 그러면 차마 고개를 들 수 없을 것 같았다.

지금까지 삼십 년 가까이 되는 세월 동안 남의 손녀를 맡아 키워주고도 그런 생각을 하는 호구라고 누군가는 타박할 수도 있겠으나, 종옥에게 성주는 '키워준 남'이 아니었으니까. 종옥은 성주의 진짜 할머니고 성주는 종옥의 진짜 손녀였으니까. 그래서 더 심장이 쿵, 내려앉는 느낌이었다. 고 맹랑한 아이의 이야기를 듣고서는.

막아야 한다!

종옥은 저 삼촌이란 작자가 빵 같은 간식이 아니라 매끼 이천에서 난 햅쌀에 어디서 아주 효험이 좋은 약수를 길어 와 솥으로 밥을 지어 성주에게 바친다 해도 용납할 수 없었다. 친구의 염원은 반드시 지켜야 했다. 그 가시나가 아무리 안되었어도, 고 요망한 것이 종옥과 성주에게 아무리 살갑게 군다고 해도.

◇

　인봉은 이 주째 성주의 눈치를 살살 보고 있었다. 체육관에 터벅터벅 들어와서는 입을 꾹 다문 채 묵례만 하고, 자기 루틴 대로 운동만 하고, 미트를 잡아달라는 요구나 기술에 대한 질문 한 번을 하지 않은 채 땀만 뻘뻘 흘리고서는 다시 꾸벅 묵례한 채 떠나는 성주의 모습은 운동을 가르친 이래 처음 보았다. 분명 인봉이 자기 옆에서 쭈뼛대는 걸 알고 있을 텐데도 철저하게 본 체 만 체 했다. 이럴 땐 대체 어떻게 해야 하지. 인봉은 차라리 마우스피스를 물고서는 기분 풀릴 때까지 자신을 죽어라 패라고 소리치고 싶었다. 그러나 성주가 초등학생도 아니고, 그런 방법으로 해소될 갈등이 아니었다.

　결국 인봉은 샌드백을 한참 두들기는 성주를 내버려두고는 화장실에 가는 척하며 애린을 불러냈다. 혹여나 오해할까봐 도연도 함께 불러냈다.

　"그게…… 우리 애린이랑, 애린이 삼촌분이랑, 성주랑 좀 친해졌지요?"

　애린은 도연의 손을 더듬어 꼭 잡았다.

　"저기 그러니까…… 성주가 저한테 많이 화가 난 모양인데……"

"관장님이 잘못을 하셨겠죠."

박애린, 쓰읍, 예절! 예절! 도연이 옆에서 타일렀다. 인봉은 머리를 긁었다.

"아니에요, 맞아요, 제가 잘못한 거…… 어쨌든 그런데, 아, 전 진짜 성주가 저러는 건 처음 봐서…… 그리고 제가 어, 이런 상황에서 어떻게 해야 할지 몰라서……"

"답답해. 빨리 얘기해요, 관장님."

"박애린! 쓰읍! 예절!"

"그러니까 성주랑 화해하는 걸 좀 도와……줄 순 없겠느냐고."

애린은 팔짱을 끼었다. 인봉을 보는 두 눈이 점점 가늘어지더니 거의 직선이 되었다. 콧구멍이 벌름거렸다. 도연은 애린의 저 표정을 아주 잘 알았다. 처음 한국에 들어온 심미의 얼굴을 보았을 때 저도 모르게 푸핫 소리를 내며, 예의가 아닌 것을 앎에도 불구하고 웃음이 터졌던 이유가 바로 저거였다. 심미와 도연의 형은 그 표정이 꼭 닮아 있었다. 무언가 말하고 싶은데 속으로 이 말을 해야 할지 말아야 할지 고민할 때 그 둘은 반드시 콧등을 찡그리곤 콧구멍을 벌름거렸다. 형 있잖아, 혹시 둘이서 서로에 대한 감정을 고백할 때, 그때 혹시 상대의 콧구멍을 보고 먼저 안심한 거 아니야? 아, 까이진 않겠구나, 분명히 쟤도 나에게 뭔가 할말이 있구나, 하고 마음을 대충 점친 거지. 그러지 않고서야 형처럼 소심한 사람이 어떻게 남의 나라에서 떡하니 애인을 사귀어 왔냐고. 도연이 장난스럽게 묻자 형은 어쩔 줄 모르겠다는 표정으로 손을 배배 꼬더니 대답했었다. 야, 그거 아냐? 심미가 먼저 말해서 알았어. 사실 자기는 나한테 별 할 말이 없었는데 내가 무언갈 말하고 싶어 콧구멍을 벌름거리니까 일부러 자기도 숨 크게 쉬면서 코에 힘 줬다 뺐다 반복했다고. 무슨 말을 할지 궁금해서 그랬대. 그런데 인마, 너도 못지않게 소심하면서 나한테만 뭐라고 하냐.

전혀 다른 곳에서 태어나 자란 두 사람의 빼닮은 표정을 애린이 그대로 물려받았다. 나도 차라리 저런 식의 시그널을 줄 수 있다면 얼마나 좋을까, 하고 도연은 가끔 부러워하긴 했다. 사람들은, 도연이 하고 싶은 말을 머릿속에서 정리하고 목소리를 다듬어 끌어올리기까지 기다려주지 못하고 저 할 말들을 먼저 쓱 내뱉곤 했으니까. 어린 시절부터 그렇게 억지로 삼킨 말이 너무 많았다. 그 말들이 결국 그림이 되어 도연을 먹여살리고 있으니 다행이라고 해야 할지도 모르겠지만, 그래도 아쉬울 때가 많았다. 아주 가끔은 마음을 바로 전달하고 싶은 대상들이 생겨났으니까. 콧구멍을 벌름거리는 것으로 나 당신께 긴히 할 말 있소, 란 신호를 전달할 수 있다면 조금 더 참을성들을 가져주지 않을까.

"······둘이 좋아해요?"

으엑! 애린의 말에 도연이 펄쩍 뛰었는데 그보다 인봉이 뛴 높이가 세 배는 더 되었다. 선수 시절 하도 스텝을 뛴 종아리가 단단해서인지는 몰라도. 애린아, 그게 무슨. 도연이 진땀을 흘리며 손으로 애린의 입을 막으려 들었다. 아이고 관장님 죄송합니다, 우리 애린이가 드라마를 좀 많이 보더니 그냥 아무나 엮으려고 들고 이게······

모녀가 매일같이 티브이 앞에 앉아 깔깔거리며 드라마를 보던 장면들이 스쳐갔다. 가끔 도연이 그렇게 재미있어? 하고 말하며 슬그머니 옆에 앉으면 지금까지의 줄거리를 얼기설기 요약해주던 애린과, 옆에서 보충을 해주던 심미.

"아이고, 여덟 살짜리 애들이 다 그렇죠, 뭐." 인봉은 가슴이 벌떡거린다는 듯 움켜쥐고는 쌕쌕 소리를 냈다. "애린아, 관장님은 그런 거 하나도 아니고. 관장님이랑 성주 언니는 진짜 그 뭐냐, 사제 관계지 사제!"

"그게 뭔데요?"

"쌤이랑 학생!"

아아. 애린의 콧방울이 급격히 쪼그라드는 걸 도연은 보고

야 말았다. 그제야 입가에 슬그머니 피어오르는 미소도.

또 쟤가 무슨 작전을 꾸미려고 하는 거지. 이제 도연은 조금 두려워지기 시작했다.

"그럼 제가 도와줄게요. 우리 삼촌도 같이요."

성주가 운동을 마치길 기다려 함께 나온 애린이 박박 우겨 성주를 차에 태웠다. 쌤 제가 데려다줄게요. 빨리 타요. 얼른. 애린 옆에서 도연은 '아니, 운전은 내가 하는데 왜 생색은 네가 내?' 하고 말하고픈 충동에 잠시 휩싸였지만 애린이 '생색'이란 단어를 알까, 에 생각이 미치자 잠자코 그 충동을 고이 접어 날리고는 대신 반성을 조금 했다. 아무래도 집에서 책을 좀더 읽혀야 어휘력도 늘겠지, 하고.

체육관에서 성주의 집 근처까지 차로는 너무나 짧은 거리였다. 차에서 내린 성주는 어색하게 몇 번이나 허리를 꾸벅 숙이고는 골목 모퉁이를 돌았다. 도연도, 아마 성주가 보지 못했겠지만, 연신 고개를 조아렸다. 그리고 성주의 뒷모습이 사라지자마자 조수석에 앉은 애린에게 대번에 물었다.

"네가 어떻게 관장님을 도와주게?"

그러자 애린은 몹시도 뻔뻔하게 대답하는 것이었다.

"몰라. 삼촌 때문에 한 말이니까 삼촌이 알아서 하겠지, 뭐."

"뭐?"

"안 그럼 삼촌은 아무것도 못하잖아. 괜히 나보고 쌤 괴롭히지 말라고 하면서 지는 안 보고 싶은 척."

야 박애린, 삼촌한테 지가 뭐야⋯⋯! 도연이 말하기 무섭게 애린은 손으로 양쪽 귀를 틀어막고서는 노래를 부르기 시작했다. 저거 누구 닮아서 진짜, 어휴. 도연은 투덜대면서 잠시 속으로만 심미에게 답이 오지 않을 말을 걸었다. 저기 형수, 아무래도 우리 애린이 말솜씨가 형수를 빼다박은 것 같죠? 내가 장담하는데 우리 형은 절대 아니걸랑요. 형수가 애린이 크는 걸 볼 수 있었다면 참 좋았을 텐데. 둘이서 마주보고 얼마나 싸웠을까? 진짜 웃겼을 텐데 말이에요. 우리 형은 가운데서 등 터진 새우 꼴이 되었겠지. 그러고도 마냥 좋다고 헤헤 웃었겠지 그 양반은.

12

내가 남에게 할 수 있는 게 뭐가 있어. 도연은 아무리 머리를 굴려도 하나밖에 떠오르지 않았다. 밀가루 반죽하고 굽는 거. 몇 시간, 혹은 며칠 동안 누군가를 생각하며 만든 결과물을 주인공의 입에 넣어주는 것. 그러나 그걸 가지고 무슨 화해를 유도해낼 수 있단 말인가. 겨우 빵 파티, 과자 파티 가지고 상처받은 성주의 마음을 풀 수 있단 말인가. 비록 친구나 애인을 많이 사귀어본 적은 없지만, 사람의 마음은 그렇게 쉽고 무책임한 방법으로 푸는 것이 아니라고 도연은 생각했다. 물론 그런 식으로 상대가 원하지도 않는 무신경한 선의를 던져놓고는 내가 너에게 이만큼 헌신했으니 너도 보답해라, 라고 일갈하는 사람들도 있었다. 그런 사람들은 한술 더 떠서,

그만큼이나 노력했음에도 불구하고 자신을 용서하지 않는 상대에게는 이기적이라며 더욱 날카로워진 화살을 돌리곤 했다. 그리고 사실, 세상 돌아가는 꼴을 보면 그런 사람들이 훨씬 뻔뻔하게 훨씬 많은 사람들을 만나며 훨씬 덜 아파하고 잘 살기도 했다. 마치 식구들을 온통 두들겨 패놓고선 다음날 퇴근할 때 꽈배기를 잔뜩 사 오던 도연의 아버지처럼. 별다른 벌도 받지 않고, 자다가 슬그머니 죽고 나서도 온갖 근조 화환이 늘어선 장례식장을 북적이게 만들었던 그 인간처럼.

형제가 둘 다 제 아비를 닮지 않아 조용하고 소심하다고 동네 어른들은 험담했지만 도연은 자기들이 아버지를 닮지 않기 위해 얼마나 큰 노력을 했는지 잘 알고 있었다.

티를 내지는 않았지만, 형은 도연이 빵을 만드는 걸 싫어했다. 꽈배기 생각이 나서였다. 그래서 형이 외국을 오가며 일하기 시작한 이후가 되어서야 본격적으로 재료를 잔뜩 사놓고 몇 시간을 부엌에서 얼굴이 하얗게 되어가며 지낼 수 있었다.

'왜 그렇게 열심히 만드는 거냐?'

어느 날 한국에 잠깐 들어온 형이 물었을 때에야 도연은 자신이 왜 빵을 만드는지 곰곰이 생각해보았다. 무얼 만들지 레시피를 찾을 때, 재료를 구할 때, 반죽하고 발효시킬 때, 구울 때, 그리고 살짝 맛을 본 후 누군가의 입에 물렸을 때 기분이 어땠나. 아무리 마음과 기억의 구석구석을 손가락으로 짚어 보아도 명쾌하게 튀어나오는 답이 없어서, 도연은 그저 그땐, 조금 바보 같은 표정으로 웃고 말았었다.

그 답을 뒤늦게나마 내려준 것이 심미와 애린이었다. 심미라는 낯선 이가 가족의 한 부분을 차지했을 때. 애린이 자지러지게 울며 태어난 후. 도연은 지금껏 자기도 모르게, 그저 행복을 위해 빵을 만들었던 모양이었다. 손을 움직일 때 누군가를 온전히 생각할 수 있어서. 그 누군가가 맛있게 먹어주는 게 좋아서. 어렸을 때 도연의 아버지는 빵을 억지 사과의 매개체로밖에 쓰지 못했지만 도연 자신은 과거의 잘못이 묻지 않은 깨끗한 빵을 만들어내 빵 그 자체로서 온전히 즐기고 있어서.

그러니까…… 도연은 밀가루 잔뜩 묻은 손바닥을 앞치마에 쓱쓱 문질러 닦은 후, 자꾸 이마로 쏟아지는 앞머리를 아직 깨끗한 손등으로 걷어냈다.

"그러니까, 도와주거나 해결해주는 게 아니고 그냥 맛있게 같이 먹는 거라고. 빵은."

사실 답은 도연 안에 당초부터 있지 않았을까. 인봉과 성주가 허심탄회하게 대화를 나누는 것이 유일한 방법임을 처음부터 알지 않았던가. 몇 년을 매일같이 봤다고는 하지만 훈련

하느라 바빠서, 샌드백 소리에 묻혀서, 몸이 힘들고 손목이며 어깨가 아파서 더 중요한 것을 스르르 놓쳐버리지 않았을까. 그 둘은 대화를 나누어야 했다. 지금의 원투 자세에서 고쳐야 하는 점 말고, 오늘 직장에서 무슨 일 있었는지 평소에는 뭐 하고 사는지, 그런 얘기 말고, 아픈 어깨 잘 봐주는 한의원 얘기 말고, 당신에게 내가 어떤 감정을 가지는지, 당신이 나를 어떻게 대했으면 좋겠는지, 내가 당신을 위해 무얼 해줄 수 있는지, 너무 오래 달려서 이젠 그냥 관성적으로만 느껴지는 트랙은 어딜 향하고 있으며 나와 당신은 그 위에서 어떤 리듬과 속도로 뛰어야 하는 건지.

내가 그런 자리를 마련해줄 수 있을까?

"힘들지……"

진지한 대화를 먼저 꺼낸다는 것은 역시 '조용하고 소심한' 자신에게 너무나 어려운 과제이긴 했다. 도연 자신이 평소에 입 밖에 내는 말들이 과연 어떤 주제인가 생각했더니 온통 애린과 관련된 일뿐이었다. 조카의 보호자로서가 아닌 박도연으로서 성주나 인봉과 나눌 수 있는 화제가 뭘까. 아무리 머리를 굴려도 떠오르지 않았다.

도연은 반죽을 냉장고에 넣어놓고는 방에 들어와 앉았다. 손가락으로 스마트펜을 계속해서 돌렸다. 생각이 굳어갈수록 펜이 돌아가는 속도는 빨라졌다. 머리를 여기저기 많이 써서인지 가장 강력한 욕구 하나만이 뇌를 무섭게 잠식하고 있는 중이었다.

이 빌어먹을 주인아, 반죽만 하고 먹지는 않냐. 배고프고 당 떨어져 미치겠다, 라는 생각. 도연은 펜을 책상에 조용히 내려놓고 다시 부엌으로 나갔다.

전날 구운 식빵을 토스터기에 넣고 잠시 주저하다가, 카야 잼과 버터를 꺼냈다. 보통 애린 없이 혼자 뭔가를 먹을 때면 도연은 그저 싱크대 앞에 우두커니 서서, 볼품없고 빠르게 손에 든 것을 쑤셔넣곤 했다. 설거짓거리도 생기지 않고, 부스러기도 떨어지지 않으며 대부분의 경우 마감에 쫓기고 있었으니까. 그러나 지금은 왠지 좋은 그릇에 세팅해 천천히 먹어야 할 것 같은 기분이었다. 마감을 일찍 끝낸 것에 대한 상일 수도 있었고, 애린이 저질러놓은 이 일을 어떻게 수습해야 할지 계속 고민해야 하기 때문이기도 했다. 편한 자리에 앉아서 천천히 잼과 버터를 발라 먹으면 이 밑도 끝도 없는 조카 녀석을 어떻게 발라버릴지 아이디어가 좀 나오지 않을까.

그래서 도연은 평소 잘 쓰지 않는 그릇들이 가득한 찬장으로 다가갔다. 저렴하고 예쁜 그릇을 모으길 좋아하던 심미가 이것저것 빼곡히 채운 찬장이었다.

그런데 무언가 이상했다.

형수가 금색 그릇도 모았던가? 찬장 안쪽 희미하게 보이는 금빛을 보며 도연이 미간을 찌푸렸다. 그림을 너무 열심히 그려서 시야가 좀 흐릿해졌나 싶기도 했다. 도연은 팔을 들어서 가장 위에 있는 그릇을 아무거나 꺼냈다.

아니다.

잘못 본 게 아니었다.

"눈에 흙이 들어가도 여긴 안 오겠다고 했는데 죽어서 질질 끌려오다니 이 내 기구한 인생이여……"

종옥은 체육관 사무실 테이블 위에서 부들부들 떠는 중이었다. 성주와 애린, 도연, 그리고 처음 보는 관장이란 남자가 종옥을 빙 둘러싸 앉아 있었고 밖에서는 줄넘기 줄이 바닥을 치는 소리나 누군가 샌드백을 두드려 패는 소리, 간헐적인 땡 소리 같은 것이 났다. 당장 운동 그만두라며 서슬 퍼렇게 화를 내던 종옥에게 성주는 그러지 말고 한 번만 구경하러 오라고, 한 번만 자신이 어떻게 운동하는지 관심이라도 가져보고 이래라저래라 하라며 답지 않게 반항적으로 이야기했었는데 결국 종옥은 마지막까지 체육관에 걸음하지 않았다.

죽어서 오게 될 줄은 정말로 몰랐다. 환장할 노릇이었다.

종옥은 왠지 아픈 것 같은 관자놀이를 꾹꾹 누르며 사무실에 앉은 사람들을 둘러보았다. 도연은 연신 머리를 조아리는 중이었는데, 두 눈을 보아하니 거의 울 것 같은 표정이었다.

"원래 이 나이대 애들이 욕심이 많아요, 삼촌님. 갖고 싶은 거 있으면 그냥 가져오는 게 여덟 살짜리들이에요. 그런 거 안 된다고 이제 학교에서 가르치는 거잖아요…… 너무 그러지 마세요……"

남자가 어찌나 안되어 보였던지 오히려 위로를 건네는 쪽이 성주였다. 원흉인 꼬맹이는 이미 집에서부터 몇 시간째 호되게 야단을 맞아온 상태라 더는 나올 눈물도 없는 선인장 같은 꼴이었다. 눈물 콧물이 얼굴에 누렇게 말라붙어 있었다.

일단 성주의 주장대로 아이를 내보냈다. 세수하고, 줄넘기 먼저 하고 있어 애린아. 성주가 말하자 애린이 눈치를 보며 성주의 손을 잡으려 들었다. 너보고 잘했다는 거 아니야, 어디서 슬금슬금! 도연의 호통에 다시 팔을 등 뒤로 넘기곤 울상이 되어 나가긴 했지만.

애린이 나가자마자 도연은 진짜로 눈물을 흘리기 시작했다. 어어어. 당황한 인봉이 벽에 걸린 두루마리 휴지를 길게

뽑아 건넸다.

"엄마 없이 삼촌이 키우는 애란 소리 안 듣게 하려고 정말 노력 많이 했는데……"

도연의 말을 성주가 얼른 끊었다. 삼촌님, 걱정 마세요. 저희 돌봄반에서도 툭하면 애들 샤프며 펜 가져가던 애 있었거든요? 걔 지금 5학년인데 얼마나 착하고 바르게 컸는데요. 삼촌님, 아이참, 솔직하게 말씀드려요? 저도…… 저도 초등학교 2학년 때 문구점에서 미니 샤프 들고 나오다 걸린 적 있어요.

맞다, 그랬지. 종옥은 그제야 기억해냈다. 그날 밤새도록 잠도 못 이루고 어찌나 울었던지. 아마 성주는 몰랐겠지만.

"근데 재밌네, 이걸 왜 가져갔을까?" 이제 자신이 화제를 전환하지 않으면 사과와 위로의 무한 반복밖에는 안 될 거라고 느꼈는지 지금껏 잠자코 있던 인봉이 끼어들었다. "아무리 봐도 딱히 초등학생이 좋아할 장난감은 아닌데 말이야."

"자기도 복싱 시합 나가서 트로피를 받고 싶었대요."

도연의 말에 인봉과 성주가 일제히 동작을 멈추고서는 입을 바보같이 반쯤 벌리고 도연을 바라보았다.

"자기도 선수 되고 싶었대요."

둘은 천천히 고개를 돌려, 서로의 얼굴을 마주했다. 누가 더 얼빠져 보이는지 대결이라도 하는 것처럼.

먼저 말을 꺼내는 데 성공한 사람은 인봉이었다.

"선수님."

아무도 대답을 하지 않았다. 인봉이 다시, 조금 더 큰 목소리를 냈다.

"선수님!"

도연이 성주를 바라보았다. 성주는 입술의 위아래를 꾹 다물었다. 절대로 대답하지 않을 거야, 라고 생각하면서. 도연이 성주를 향해 손을 뻗었다가, 다시 움츠리며 자기 몸 쪽으로 가져다 두었다. 그 틈에 인봉이 더 크게 외쳤다.

"고성주 선수님!"

그리고 성주가 득달같이 대답했다.

"선수 아니라면서요!"

"뭐?"

"선수였다면서요, 이제 아니라면서요. 그냥 쫓아내라고요, 그렇게 포기할 거면! 너는 이제 가망 없으니까 나가라고 하라고요! 왜 이랬다저랬다야 진짜!"

씩씩. 성주가 말하고서는 고개를 벽 쪽으로 처박아버렸다. 이를 어쩌지. 인봉이 어떻게 좀 해보라는 듯 도연을 바라보았다. 그 단춧구멍만한 동공이 파르르 떨리고 있었다. 이를 어쩌면 좋단 말인가. 나도 뾰족한 방법이 없는데. 도연과 인봉의 눈빛이 퍽 오래 맞닿았고, 마침내 눈을 질끈 감았다 뜬 후 손을 들어올린 것은 도연이었다. 아까 움츠린 손을 다시, 성주의 손목 옆에 가져갔다. 반 뼘 정도의 간격을 두고 사뿐히 테이블에 내려앉은 도연의 손을 성주가 내려다보았다.

도연은 말했다.

"관장님이 잘못하셨으니까 관장님, 빨리 사과하세요."

성주의 눈이 동그래졌다. 어색하단 생각도 하지 못하고 도연의 얼굴을 빤히 응시했다. 성주가 아는 도연은 저런 말을 단호하게 할 성격이 아니었으니까.

"왜냐하면요."

도연은 침을 꿀꺽 삼켰다.

"왜냐하면, 저는 우리 애린이가 뭐 되고 싶다고 장래희망 말하는 거 처음 들었고요, 좋아하는 거 열심히 하는 모습 진짜로 보고 싶은데, 우리 애린이는 따라서 보고 배울 롤 모델이 없으면 금방 질리거든요…… 선수 하는 언니가…… 같이 있어줘야 하거든요……"

뼛속까지 교육자인 성주를 의식한 말은 아니었을 테지만, 옛 어르신들이 이르길, 소도 뒷걸음치다보면 쥐를 잡을 때가 있다고 하였다.

13

종옥은 그토록 싫어하던 자리, 절대로 내 새끼 성주를 뺏기고 싶지 않았던 적의 본거지에 머물게 될 줄은 꿈에도 몰랐다. 사실 성주의 생활 패턴을 헤아려보면 체육관 한가운데 떡하니 자리하고 있는 게 성주를 집에서보다 더 많이 보는 길이긴 했다. 성주는 집에 오자마자 옷을 훌훌 벗어던진 채 씻고, 바로 잠에 곯아떨어지곤 했으니까. 아침에도 알람이 울리자마자 뭘 먹지도 않고 헐레벌떡 달리기를 한 후 출근하기 일쑤였으니 얼굴 한 번 제대로 보기도, 목소리 한 번 듣기도 어려웠다. 그러나 여기서는 땀 흘리고, 소리치고, 실컷 웃고, 노려보고, 또 사람들과 이야기를 하고 듣는 손녀의 모습을 모두 구경할 수 있었다.

종옥을 납치했던 꼬맹이가 본심인지 핑계인지 알 수 없는 이유 때문에 '본격적'으로 운동을 하기 시작하면서 성주는 어딘가 신이 나 보였다. 둘은 돌봄반 수업을 마친 후 함께 체육관에 와서는 줄넘기부터 시작했다. 인봉은 그제야 둘이 돌봄교실의 사제 관계였단 사실을 알게 되었다. 꼬맹이의 운동량은 두 배 가까이 늘었는데 성주는 그 루틴을 계속 함께 따라가며 감독하고 지도했다. 도연은 그들이 훈련을 절반쯤 했을 때 허둥지둥 들어와서는 하는 둥 마는 둥 가느다란 팔다리를 휘저으며 제 운동을 했는데, 호된 운동에 힘들어하던 꼬맹이는 그 어설픈 폼을 실컷 놀리며 제 나름대로 충전을 하는 모양이었다.

운동이 끝나고 나서도 바로 집에 돌아가지 않았다. 박애린, 힘든 운동 끝나면 꼭 먹고 싶은 거, 맛있는 거 먹어라. 그냥 집에 가서 아무거나 먹지 말고. 그래야 근육이 붙고 체력이 늘어. 인봉의 말에 애린이 곧바로 삼촌의 빵을 이야기했기 때문이었다. 그러면서 의뭉스럽게 덧붙였다. "집에 가서 안 먹고 같이 먹을래요. 우리 둘이서 먹기에는 삼촌이 너무 많이 만든단 말이에요." 어차피 체육관에서 대충 저녁을 해치워야 하는 인봉에겐 너무나 좋은 일이었다.

그래서, 성주와 애린은 운동을 끝내고 씻고 나와서는 젖은 머리칼을 한 채 사무실에 둘러앉아 빵을 먹었다. 성주는 무슨 종류든 간에 절반을 뚝 잘라 애린에게 건넸다. 그렇게 성주는 반 개를, 애린은 한 개 반을 먹었다. 먹으면서 애린의 학교 숙제를 해치우기도 하고, 복싱 경기 영상을 보며 인봉의 속사포 중계에 키득키득 웃기도 하고, 컴퓨터 앞에 몰래 앉아 체육관에 흘러나오는 플레이리스트를 애린이 좋아하는 그룹의 것으로 온통 바꿔놓기도 했다.

종옥은 참을 수 없었다.

"저 놈팡이는 왜 집에 싸게싸게 가지 않고 얼쩡대는 겨. 운동이 끝났으면 집에 튀어 갈 것이지."

사실 어린 조카가 체육관에 엉덩이를 단단히 붙이고 있으니 보호자인 삼촌이 혼자 집에 가버릴 리 없는데도, 종옥은 도연을 향해 있는 힘껏 들리지도 않을 타박을 했다. 도연의 존재나 행동 같은 게 신경 쓰여 돌아버릴 지경이었다. 손녀를 사랑하지만 평가만큼은 냉정한 종옥은 성주가 절대 재치 있고 웃긴 아이라고 생각지 않았는데, 도연은 성주가 무슨 말을 할 때마다 손뼉을 치며 뒤로 넘어갔다. 그러고서는 너무 큰 소리로 웃었다는 듯 뒤늦게 입을 꾹 다물고 귀여운 척 민망한 표정을 짓곤 하는데 그게 어찌나 가증스러운지 몰랐다. 그러면 성주가 실실 미소를 지으며 도연을 힐끗힐끗 쳐다보았다.

"저놈 저 새끼 일부러 저러는 게 분명해." 종옥은 속이 탔다. "어? 빵 좀 먹인다고, 어? 그런다고 내가 봐줄 것 같아?"

종옥이 봐주지 않는다고 해서 달라질 것은 아무것도 없었지만.

그렇게 해가 떨어져 깜깜해질 시간까지 체육관에서 죽치고 있다보면 인봉이 먼저 지쳤다. "제발 좀 집에 가…… 제발…… 안 그러면 인터벌 한번 더 시킨다." 꼬맹이는 최대한 노닥거리다가 인터벌이란 세 글자가 인봉의 입에서 나오면 후다닥 가방을 들고 외투를 꿰어 입곤 사무실을 뛰쳐나갔다. 아주 빠른 속도로 '아롱히 개세오'라 인사하곤 도연의 손을 잡고, 성주와 쫑알거리며 사라졌다. 듣자 하니 셋이서 각자의 자전거를 타고 함께 귀가하는 모양이었다.

성주가 집에 도착할 즈음이 되면 인봉의 전화기가 울렸다. 성주였다. 인봉은 체육관을 청소하느라 스피커폰 모드를 설정하고 통화를 했는데, 여타의 화젯거리는 전혀 없이 온통, 어린아이에게 가장 효율적이면서도 지치게 하지 않을 훈련법에 대한 논의만 이어졌다. 성주의 말은 굉장히 빨랐고 발음은 또렷했다. 저가 좋아하는 일에 대해 논할 땐 저렇게 씩씩하구나. 종옥은 깨달았다. 같이 드라마를 보거나 동네 사람들에 대한 소식을 종옥이 일방적으로 나누거나, 할 때는 듣지 못했던 목소리였다.

성주에게서 전화가 오면 안심이 되었다. 혼자 곧바로 제집에 잘 들어갔다는 증명이나 다름없었으니까. 놈팡이와 어디 다른 데로 새지 않았다는 이야기였으니까.

그나저나, 저 꼬맹이는 나한테 그리 애처로운 얼굴로 엄마 얘길 하더니, 어른들 앞에서는 참 잘도 숨기고선 씩씩한 척을 하는구나.

애린을 보면 볼수록 자꾸 성주의 어린 시절이 생각났다. 눈물을 꾸역꾸역 참다가 마지막에 터뜨렸던 성주. 애린은 언제 울까. 울었을까. 귀신까지 볼 수 있는 저 애는 어쩌면 영원한 이별에 대한 준비를 전혀 하지 않았을지도 모른다. 엄마가 찾아올 거라고 굳게 믿었던 모양이니. 왜 내 주변에 이토록 유령이 많은데 내가 가장 보고 싶어하는 사람의 얼굴은 없을까, 매일 자기 전에 누워서 베개에 얼굴을 묻곤 혼자 슬픔을 삭일지도 모른다. 종옥은 답답했다. 정 사자에게 슬쩍 묻긴 했지만, 며칠이 지나도 답이 없었다.

◇

"근육이 익숙해지기도 전에 욕심만 부리면 사고가 나게 마련이라니까. 그래서 삼촌은 운동 빡세게 안 하잖아."

그래, 도연의 말이 맞다. 성주는 고개를 끄덕였다. 뭐 얼마나 훈련했다고 벌써 부상인가 놀랐고 자못 미안해지기도 했는데, 자초지종을 듣자 하니 훈련 때문이 아니고, 성주를 흉내내어 혼자 논두렁을 뛰다가 발을 헛디뎌 굴렀다고 했다. 당일에는 조금 긁히고 멍만 들어 천만다행이다 싶었는데 하루가 지나고 나니 발목이 부어올랐다. 급히 읍내 병원에 가서는 인대가 늘어났단 진단을 받았다. 이 정도면 처음부터 아팠을 텐데요? 의사의 말에 도연이 도끼눈을 뜨고 애린을 바라보자 애린은 거북이처럼 목을 움츠리고 대답했다. 아프면 체육관 못 가니까…… 그러고는 덧붙였다.

"삼촌은 운동 빡세게 안 하는 게 아니라 못하는 거잖아. 삼촌은 운동 못하니까."

어휴, 입만 살았지 저게. 도연은 고개를 흔들며 애린의 책가방을 대신 멨다.

"그럼 당분간은 쌤 혼자 운동해야겠네."

운동장을 함께 가로질러 교문으로 향하며 성주가 말하자

애린이 되물었다. 왜요? 왜 혼자요?

"애린이가 못 오니까."

"삼촌은요?"

"응?"

"삼촌은 저 집에 데려다주고 체육관 갈 건데요."

너희 삼촌이 퍽이나. 성주는 속으로 생각했다. 체육관에서 도연은 존재감이 하나도 없었다. 그저 애린에게 부록으로 업힌 종이 인형이라고밖에 생각되지 않았다. 본체가 오지 않는데 어떻게 종이 인형이 혼자 사지에 들어올 수 있겠는가. 성주는 슬쩍 웃으며 물었다.

"삼촌은 애린이 나을 때까지 애린이랑 같이 놀아주시지 않을까?"

그 질문에 아니라고 대답한 것은 애린이 아니라 도연이었다. 선생님, 저 체육관 계속 다닐 건데요. 애린이는 그 시간에 다른 거 안 하고 꼭 책 읽기로 저랑 약속했어요.

본인 운동이 다 끝났는데도 도연은 집에 가지 않고 여태껏 눈길 한 번 주지 않던 케틀 벨이나 벤치 프레스 따위를 만지작거렸다. 케틀 벨을 들고서 몇 번 휘두르더니 금세 인봉에게 머리채를 잡혔다. 아니 삼촌님, 그렇게 하면 허리 나가요 이 사람아. 인봉은 가볍게 면박을 주며 제대로 된 자세로 스윙을 보여주었다. 아니 아니, 그건 삼촌님한테 너무 무겁고. 이걸로 해봐요. 가볍게. 남자 자존심 때문에 무거운 거 하겠다고 뻗대는 거 아니에요. 배우는 데 자존심이 어디 있어요.

그렇게 한참 동안 서툴게 인봉에게서 근력 운동을 이것저 것 배우더니, 성주가 밴디지를 풀자마자 저도 슬그머니 기구를 내려놓고서는 쭈뺏쭈뺏 스트레칭을 하는 것이었다. 설마 나랑 같이 가려고 기다렸나. 성주는 서둘러 샤워실로 들어가며 생각했다. 그렇다면 말해줘야지. 애린이 없을 때도 굳이 그러실 필요는 없다고. 나랑 루틴이 거의 한 시간 반 정도나 차이가 나는데 무슨.

씻고 나오자 인봉이 사무실에서 성주를 소리쳐 불렀다. 오늘도 뭔가를 구워 왔다. 이번엔 르뱅 쿠키였다.

"전 안 먹어도 돼요. 삼촌님 오늘 운동도 많이 했는데 두 개 드셔요."

그러자 도연은 대답했다.

"꼭 선생님 드시는 거 확인까지 해야 한다고 애린이랑 약속 해가지고요."

"먹었다고 해주시면."

"거짓말은 못해가지고, 제가……"

그래, 내가 너를 어떻게 이기니 박애린. 성주는 한숨을 폭 폭 쉬며 두툼한 쿠키를 절반으로 나눴다. 나머지 반쪽은 인봉이 홀라당 낚아채갔다.

함께 체육관을 나왔다. 자전거를 세워놓은 곳을 향해 걸어가면서, 성주는 도연에게 말했다. 삼촌님, 애린이 체육관 쉴 땐 삼촌님도 운동 끝나고 후딱 들어가세요. 애린이도 집에서 기다릴 텐데.

"……제가 있어서 혹시 불편하세요?"

도연의 맨숭맨숭한 입에서 그런 물음이 나올 줄은 몰랐다. 아뇨, 아뇨! 성주는 펄쩍 뛰며 손을 내저었다. 아니요, 그게 아니고. 바쁘신데 시간 낭비하시는 게 싫어서…… 그러고는 도연이 더 뭐라 하기 전에 잽싸게 제 말을 물렸다. 제가 괜히 이 래라저래라 했네요 삼촌님. 맞아요, 아까 보니까 근력 운동 하시던데 그것까지 하시면 얼추 저 끝날 때랑 시간이 맞으니까…… 근력 운동, 좋죠, 꼭 필요한 운동이죠…… 삼촌님처럼 앉아서 일하시는 분들한텐 더더욱……

"……어?"

성주가 우뚝 멈춰 섰다. 이상한 기분이 불현듯 들었다. 비슷하게 생겼지만 정확하게 아귀가 들어맞진 않는 퍼즐 조각

을 억지로 맞춰놓은 것처럼, 눈앞에 보이는 광경이 못내 어색
했다. 뭐지? 뭐가 잘못된 거지? 머리가 돌아가지 않았다. 당이
떨어져서 그런가? 아니면 밤이라 눈이 침침한 건가? 성주는
손을 들어 눈을 비비고 다시 보았다. 아까 쿠키를 하나 다 먹
었으면 두뇌가 좀더 팽팽 돌아갔을까?

아마 그런 모양이었다. 무엇이 잘못되었는지를 성주보다
도연이 먼저 알아챘으니까.

"……내 거는 그렇게 비싼 것도 아니었는데. 너무하네."

14

　애린은 혼자 잘 수 있다고 했다. 도연이 택시를 타고 가겠다고 했으나 막무가내였다. 아마도 자신이 올 때까지 몰래 게임을 하다가 문밖에서 사람이 오는 기척이 들리면 그 즉시 이불에 쏙 들어가 고롱고롱 코를 고는 시늉을 할 거라고 도연은 장담했다. 뭐, 어쨌든 아이가 괜찮다니 다행이긴 했다. 사실 미송면 깊숙이까지 들어가는 택시를 해 떨어진 시간에 잡을 수 있을 리 없었으니까. 콜을 해서 따따블을 부른다면 모를까. 걸으면 한 시간 정도가 걸릴 테니 가망 없는 택시를 기다리기보다는 차라리 얼른 출발하는 게 이로울 터였다.

　헛헛한 마음을 알 리 없는 철쭉만 피어나 있었다. 핸드폰을 든 도연이 애린에게 딱 한 판만 하고 자겠단, 신빙성 없는 맹세를 받아내는 동안 성주는 혼자 속으로 투덜거리며 발끝으로 놀이터의 모래 바닥을 툭, 툭 찼다. 지금껏 놀이터에 드나들며 담배 피우고 술 마시고 서로의 몸을 더듬는 중고등학생들을 보고도 그저 그래, 저 나이 땐 저럴 수 있지, 라고 관대하게 여겼는데, 그러면서 자기가 그런 어른이란 것에 조금 우쭐해하기도 했는데, 사람 마음이 참 간사하지. 십만원 조금 넘는 자전거를 도둑맞았다고 갑자기 항만군 십대들의 윤리 의식이, 항만군의 앞날이, 이 나라의 미래가 너무나 우려스러워지다니……

통화를 마친 도연이 애처롭게 한 짝씩만 남은 바퀴를 물끄러미 쳐다보다가 피식피식 웃기 시작했다.

"왜요?"

성주가 묻자 도연이 대답했다.

"애린이가 뭐라고 하는 줄 아세요?"

"뭐라고요?"

"꽃도 보고 좋은 구경도 하면서 천천히 오래요. 무슨 할머니처럼 말하지 애는."

운동도 시간대 맞춰 하고 서로의 집까지도 오갔다고는 하지만 애린이 없으니 기류가 어색했다. 결국 자리에도 없는 애린을 화제에 올려야만 공을 주고받듯 이야기가 오갈 수 있었다. 애린이 태어났을 때, 배밀이를, 뒤집기를, 옹알이를 처음 했을 때, 걸음마를 떼었을 때, 삼촌, 정확히는 양훈, 이라는 말을 처음 했을 때……

이 사람은 정말로 홈비디오 같은 기억력을 가지고 있구나. 조금의 침묵도 용납할 수 없다는 듯 계속해서 주절주절 늘어놓는 도연의 말을 듣던 성주는 내심 감탄했다. 어떻게 그날 아이가 입었던 옷의 색깔까지 기억을 하고 있는 것일까. 역시, 저토록 세심히 모든 것을 다 기억하는 사람이라 웹툰도 그리고 스토리도 만들고, 하는 걸까.

"그러니까 애린이 태어났을 때부터 지금까지 정말 한순간도 안 떨어지셨던 거네요. 그냥 아빠네요. 아빠보다 더 아빠 같겠다."

성주가 말하자 도연이 대답했다.

"딱 반년 정도 떨어져 있었어요. 그때 애린이랑 형이랑 형수 셋이서 형수네 집에 갔거든요. 그때가 아마 애린이가 처음이자 마지막으로 외할아버지, 외할머니 뵀을 때일 거예요. 형수 가기 전에, 두 분 다 먼저 가셨으니까."

"아아……"

"연세가 원체 많으셨어요. 형수가 엄청 늦둥이였고. 그래서 일부러 애린이 어렸을 때 무리해서라도 거기서 오래 머물려고 노력했던 거였고요. 저야 뭐 보고 싶었지만. 애가 반년 지나니까 두 배로 커서 오더라고요."

"그래도 예쁨은 엄청 받았겠어요."

"그럼요." 도연은 그러더니, 아, 하고 말했다. "갑자기 생각났네. 형수가 고향 자랑을 그렇게 했는데, 생각해보니 그런 말도 했네요. 형수네 고향에서는 자전거 자물쇠 안 채우고 그냥 둬도 아무도 안 가져간다고. 수도 같은 대도시에서는 절대 그럴 수 없는데 자기 고향에서는 가능하다고."

"항만군보다 낫네요."

"항만군보다 낫죠. 아니, 진짜 형수 나중에 만나면 창피해서 어떡하지. 형수가 고향 자랑할 때마다 제가 얼마나 맞서댔는데. 항만이 더 좋다고 그러면서. 완패네요 이거. 하, 형수가 이런 거 얼마나 꼬수워하는데 진짜."

"만나기 전에 미담을 엄청 많이 만들어서 퉁치는 수밖에요."

"아, 그래야 하는데. 그런데 어떻게 그런 걸 내 맘대로 만들 수 있을까요."

그거야 저도 몰라요, 알면 제가 당장 먼저 실천했지⋯⋯ 성주는 중얼거리고, 확실한 건 훔칠 생각도 들지 않는 자전거로 새로 사긴 해야 한다는 점이네요, 라고 덧붙였다. 그런 세상이 되었네요. 저는 앞에 시장바구니 달리고 꽃 그림 그려진 걸로 살래요. 중고딩들도 간지가 있으니 그런 걸 가져가진 않겠죠.

"자전거 사려면 꽤 멀리 나가셔야 하잖아요."

"차 없고 면허 없는 제 업보죠 뭐."

"그러지 말고 그럼 내일 어차피 토요일이니까 선생님도 출근 안 하시고……" 도연의 목소리가 갑자기 기어 들어갔다. 동시에 성주는 으악, 하고 손톱을 세워 팔뚝을 슬슬 긁었다. 왜 갑자기 팔뚝이 근지럽지? 알레르기가 있나? 아니면 땀 흘린 걸 제대로 씻어내지 않았나? 도연이 기다리니 마음이 급해서, 너무 후딱 등목만 하고 나온 건가? 비누칠까지 꼼꼼하게 해야 했던 건가?

도연의 걸음이 조금 빨라졌다. 어둠 속에서 목이 희게 빛났다. 성주는 그 목을 가만히 보았다. 그러고 보니, 수수깡이어서 그런지 기다란 목은 나름대로 곱단 말이야, 라고 저도 모르게 생각했다.

"정말 절대 아무도 훔쳐가지 않을 만한 걸로 주세요."

성주의 단호한 주문에 자전거 가게 사장이 꺼내 온 것은 딸기우유 색 자전거였는데, 성능이 형편없는 것은 물론이요, 짚으로 얼기설기 만들어 앞에 매단 바구니에는 작은 조화까지 엮여 있었다. 억센 지푸라기 사이로 애처롭게 눌려 있는 흰색 꽃송이를 보고 성주는 눈을 질끈 감았다 떴다. 조화는 잘라내면 될 테고, 바구니야 유용할 거라고 스스로를 세뇌한다 치더라도 딸기우유는 참을 수 없었다. 색이라도 다른 거 없어요? 성주가 묻자 사장은 고개를 저었다. 읍내의 작은 자전거 가게에 재고를 쟁여봤자 얼마나 두었겠는가. 당장 자전거가 없으면 발이 묶이니 인터넷으로 주문하기도 곤란했다. 자가용은 돈 먹는 하마라고, 돈 아껴 할머니랑 오래오래 살아야 한다고 이 대중교통 척박한 지역에서 꿋꿋하게 면허도 없이 뚜벅이를 고수한 결과가 겨우 이거였다.

"요새 애들 손버릇이 많이 안 좋아졌어요. 이거 넘어가는 사양을 사면 무조건 실내에 들여놓아야지."

"아니, 여기가 서울도 아니고요."

"언제 적 얘기 하고 계시나. 해 떨어지면 사람도 안 다니니 맘놓고 뜯어가기 딱 좋은데."

결국 그걸 샀다. 색이야 견디다 안 되면 래커로 칠이라도 할 수 있을 것 같았다. 도연도 똑같은 걸 샀다. 사장은 성주에게와 달리 도연에게는, 아니, 그래도 남자가 타기엔 색이나 디자인이 좀, 하고 딴소리를 했으나 도연은 색이 마음에 들어서는 거라고 대답했다.

"뭐 그럼, 예쁘게 타십쇼."

바구니 달린 자전거 두 대를 도연의 차에 실으니 어느새 점심때였다.

"선생님, 저는 잠깐 시장에 가야 해요…… 읍내 나온 김에 점심으로 맛있는 거 사 가겠다고 애린이랑 약속했거든요. 선생님 바쁘시면 자전거 다시 내려드릴게요. 타고 먼저 댁에 돌아가셔도 돼요." 그러면서 도연은 아주 잠깐 눈알을 굴리더니 숨도 쉬지 않고 이었다. "아니면 같이 시장 잠시 들르셨다가 차 타고 편하게 가셔도 되고요. 진짜 얼마 안 걸릴 거예요. 일분? 아니 일 분도 아니다. 한 삼십 초 정도……"

"시장에서 어떻게 삼십 초를 있어요."

"진짜요!"

같이 가요. 성주는 말했다. 대신 반찬가게 들를 건데 기다려주실래요? 우리 외할머니 친구분이 하시는 덴데, 인사드린 지가 너무 오래됐어요. 저는 삼십 초는 좀 짧고, 삼 분이면 돼요.

"세 시간 계셔도 괜찮아요!"

도연이 말하자마자 손바닥이 날아와 팔뚝을 철썩 때렸다. 도연은 아프기도 나름 아팠지만 놀라서 세상이 둘로 쪼개지는 느낌이었다. 안구 두 쪽이 스프링처럼 튀어나올 듯 눈구멍을 동그랗게 뜨고 성주를 바라봤는데, 어이없게도 정작 때린 성주가 더 놀란 표정이었다. 마치 제 손이 제 것이 아니라는 말을 하는 양.

성주는 죄송하다고, 얼른 애린이랑 식사하시러 가야지 세 시간은 무슨 소리냐고 말하려던 참이었다고 했다. 그러나 왜 손이 먼저 나갔는지는 알 수 없다고, 찰싹찰싹 도연의 팔뚝을 때린 자기 손을 잘라버리고 싶다고, 친한 친구도 아닌데 그런 실례를 범하다니 자기 머리가 어떻게 된 것 같다고, 정말 죄송하다고, 제발 잊어달라고 말했다. 뭐 말을 그렇게 조리 있게 한 건 당연히 아니고, 저도 당황해서는 반은 알아듣고 반은 알아듣지 못하게 중언부언했다. 성주가 너무 미안해서 오히려 민망해진 도연이 괜찮다며 몇 번을 다독여야 했다.

도연은 시장 어귀에 들어서며 팔뚝에 손바닥을 가만히 올려보았다. 맞은 곳이 뜨거운 건지 자기 손바닥이 뜨거운 건지 알 수가 없었다. 그리고 벼락같은 의구심을 얻었다.

……혹시 나, 취향이 좀 이상한가?

도연은 닭강정이냐 전기구이통닭이냐를 놓고 한참을 고민했다. 성주에게 의견을 묻자 성주는 전기구이통닭이라고 대답했다. 이유는 딱 성주다웠다. 닭강정은 튀김옷이 탄수화물이니까요.

"진짜 선생님은, 정말⋯⋯"

"뭐요."

"아뇨, 최고시라고요."

도연은 성주의 말대로 전기구이통닭을 샀다. 그러고는 잠깐 고민하더니 다시 발길을 돌려 닭강정을 또 샀다. 아니 삼촌님이랑 애린이랑 둘이서 어떻게 그걸 다 먹어요. 성주의 말에, 닭강정은 식어야 더 맛있으니까 내일 먹을 거예요, 라 답했다.

성주는 할인 마트에서 주스 세트를 하나 사서는 반찬가게로 향했다. 도연은 반찬가게 문 앞에서 양손에 닭이 든 봉지를 든 채 우두커니 섰다. 편하게 말씀 나누세요, 기다릴게요. 그 말에 성주는 잠시 후회했다. 먼저 반찬가게를 들렀어야 했나. 통닭이 식을 텐데. 얼른 끝내야겠네.

반찬가게의 사장은 종옥의 친구라고는 하지만 열두 살이나 어렸다. 그 나이쯤 되면 스무 살 위아래로는 그냥 다 친구 먹는 거라고들 했다. 건넛마을에 산다고 해서 '건넌말'로 불렸는데 정확한 이름 석 자는 장례식장에서 부조를 받을 때 비로소 알게 되었지만 금세 잊었고 결국 다시 '건넌말'이었다. 성주는 종옥이 자신을 데려올 때 건넌말 할머니가 가장 종옥을 말렸다는 걸, 건넌말 본인의 실토로 이미 알고 있었다. 그 때문인지 건넌말은 성주를 볼 때마다 뭘 그렇게도 챙겨주려고 들었다. 미안해서일까. 콕콕 마음이 찔려서일까. 건넌말은 자식 손주가 많았지만 일 년에 한 번이라도 찾아오는 이가 하나 없었다. 반찬을 택배로 얼마나 바리바리 보내는지는 동네 사람들이 다 알았으나, 아무도.

"니 할머니 살아 계실 때 연애했으면 오죽 좋았냐?"

쭈뼛쭈뼛 인사하는 성주에게 가타부타 말도 없이 등을 돌려 반찬부터 싸던 건넌말이 성주의 엉덩이를 손으로 냅다 갈기며 내뱉었다. 문밖에서 항아리 속에 가득 쌓인 젓갈이며 김치를 세상에서 가장 재미있는 것처럼 골똘히 구경하는 중인 도연에게는 간신히 들리지 않을 정도의 말소리였다.

"그런 거 아니에요, 할머니."

"헛소리 말어. 그럼 코빼기도 안 비치던 아가 외간남자랑 시장까지 올 일이 뭐가 있니?"

도연이 외간남자인가? ……뭐, 외간남자가 아니라곤 말할 수 없지만. 그 어휘가 가지는 미묘한 뉘앙스에 성주가 미간을 잠시 찌푸렸다. 외간남자라고 도연을 정의하고 싶진 않은데, 그렇다면 도연은 뭐라고 불려야 할까. 삼촌님? 가르치는 아이의 학부형과 시장에 나온단 건 오해받지 않을 일은 아니었다. 이웃? 그렇다고 하기엔 두 집 사이가 아주 가깝진 않았다. 친구? 친구는 확실히 아닌데……

"체육관에서 같이 운동하는 동료예요."

"에? 저 멸치 대가리가 무슨."

"할머니 또 외모 가지고 막 넘겨짚네. 우리 할머니한테 혼난 지 얼마나 됐다고 벌써 또."

머슴애처럼 머리를 저리 짧게 자르면 시집 못 간다고 종옥에게 성주를 흉보다 흠씬 혼쭐이 난 것도 건넌말이었다.

그러고 보면 대다수의 어른들은 참 신기했다. 굳이 하지 않아도 될 말을 해 입을 비쭉거리게 하고 마음에 상처를 입히면서도 동시에 과분할 만큼 큰 애정을 함께 퍼주었다. 왜 그러는 걸까? 실수에 대한 사과나 참회라 해석하기엔 그 빈도수가 너무 많았다. 하지 말아야 하는데도 계속 비슷한 짓을 반복해댔다. 그렇다면, 애정 표현은 자기만족을 위한 것일까? 지금 반찬통 다섯 개를 늘어놓고 가장 자신 있는 반찬을 가득 퍼 담아주고 있는 건넌말처럼. 성주는 일을 할 때마다 다른 건 다 몰라도 그것만은 말아야지, 다짐하곤 했다. 온도 차가 심해서 어린 마음을 헷갈리게 하는 어른은 되지 말아야지. 자기 합리화를 위해 요구받은 적 없는 애정을 퍼주고 행세를 부리는 어른은 되지 말아야지. 또 챙겨야 할 게 뭐가 있더라……

"할머니, 저 맨날 학교에서 급식 먹어요. 반찬 주셔도 먹을 일 없어요."

"헛소리 말고, 가쥬가면 다 먹을 때가 있어."

"그래도 이건 너무 많은데."

"그럼 저……" 건넌말이 턱으로 밖을 가리켰다. "저 총각 나눠주든가. 뭐 꼴을 봐서는 뭘 먹긴 하나 싶다만."

"와…… 이거 진짜 손 많이 가는 반찬인데요. 불리기만 며칠 하셨을 텐데. 고사리는 대가 얇실한 거 보니까 중국산이나 북한산 아니고 완전 국산인데요, 비싸기도 비싸고 물건도 없을 텐데 이만큼이나 주셨단 말이에요? 와…… 파김치 꾹꾹 눌러 담아주신 거 봐요. 요새 파값이 진짜 금값인데……"

사랑의 크기가 어찌되었든 받는 이에게는 자신이 딱 아는 만큼만 보인다는 게 참 재미있으면서도 야속한 세상의 작동

원리였다. 성주는 전혀 넘겨짚지 못하는 반찬의 가치를 도연은 한눈에 알아보고 놀라워했다.

"반찬가게 사장님이 선생님 엄청 예뻐하시나봐요."

가끔 무거운 반찬통에 받아 왔던 애정이 얼마나 오래 손질하고 삶고 졸이고 무쳐야 만들어낼 수 있는 것인지 성주는 하나도 몰랐다.

"우리 할머니가 하늘에서 보고 있을까봐 오버하셨을걸요."

그럼에도 겨우 그런 말밖엔 할 수가 없는 성격이었다.

"사장님이 삼촌님 나눠주라고 하셨는데."

"제가 어떻게 이걸 받아요."

"어차피 저는 집에서 뭐 안 먹어요. 아시잖아요."

"그런데 전 집에 남는 통이 없어서……"

"저희 집에 넘쳐요." 성주가 말했다. "뭘 해먹질 않으니까. 빈 통 천지예요. 제가 월요일에 체육관에 가져다드릴…… 아, 요건 빨리 쉬려나." 나물이 마음에 걸렸다. "그럼 집에 가서 제가 좀 나눠다가, 댁에 잠깐 들를게요."

"아니요! 괜찮아요, 진짜 괜찮은데. 힘드신데."

"이제 자전거도 있으니까 금방이에요. 바구니까지 있는데. 그리고 저 운동 좀 해야 돼요."

"주말이잖아요……"

"주말이 왜요, 뭐. 주말은 날이 아닌가? 얼른 가요. 닭 식으면 비린내 나요."

15

　주말엔 혼자 쓸쓸하고 어두운 체육관을 지키고 있어야 했다. 이럴 거면 꼬맹이를 꾀어서 그 아이 집에라도 가 있을 걸 그랬나. 종옥은 시큰둥하게 시계의 초침만 바라보았다. 시계를 노려보다가, 눈에 초점을 풀고 흐릿하게도 응시하다가, 아니 차라리 시계를 모르는 척하면 시간이 빠르게 갈까 싶어 확인하고픈 마음을 누른 채 일부러 실컷 딴짓을 하다 슬쩍 쳐다보기도 했다. 그러면 겨우 삼 분도 지나 있지 않았다. 젠장. 종옥은 머리를 쥐어뜯었다. 심심하다, 심심해.

　그래서 결국 정 사자를 목놓아 불렀다.

　"지난번에 부탁한 건 어때, 좀 알아봤나?"

　"아니 세상 사람들, 이 할머니 뻔뻔한 것 좀 보시오들!"

세상 사람들에게는 정작 들리지도 않게 나지막이 투덜거리는 정 사자의 등을 종옥이 세게 때렸다. 하여간 젊은 사람이, 예의는 밥 말아 먹었다니까.

"예의 밥 말아 먹은 게 누군데요. 제가 할머니보다 백 년은 먼저 죽었거든요?"

"죽을 때 나이 기준으로 하면 내가 손위여."

"누군 일찍 죽고 싶어서 일찍 죽었답니까?"

"그러게 뭐가 그렇게 살기 싫어서 일찍 갔냐 이거야."

스스로 목숨을 끊은 사람만이 사자가 될 수 있단 걸 종옥이 안 지는 얼마 안 되었다. 그걸 알고서 종옥이 너무 티 나게 다정히 굴어주는 바람에 무안해진 정 사자는 오히려 종옥을 피해 다녔다. 어색한 다정이 삼일천하로 끝나서 자못 다행이었다. 정 사자는 종옥이 이렇게 떽떽거릴 때 더 힘도 신도 났다.

"아니 그거 말고도. 할머니 저한테 뭐 맡겨놨어요? 이래라저래라 아주 요구도 가지가지야. 하여간 우리나라 노인네들 억척스러운 건 알아줘야 한다니까."

"할머니라 부르니까 할머니처럼 행동하는데. 왜? 뭐? 잘못이야?"

"종옥아."

"이런 호로새끼가."

정 사자는 종옥이 부탁한 걸 해내기 위해 안간힘을 썼다. 얼마나 힘들고 지난한 과정이었는지 종옥이 모르지 않을 것이다. 사람 부대끼며 살아온 세월이 있는데다가, 원체 눈치도 빠른 양반이었다. 그래서 정 사자는 일부러 더 아무렇지 않은 것처럼, 아주 가벼워 누구든 가져올 수 있는 정보인 것처럼 종옥이 원했던 걸 들려주고 싶었다. 부담스러운 상황은 딱 질색이었다.

"알아봤죠, 내가 누군데. 할머니 나한테 진짜 잘해야 돼요. 통번역 인재가 우리 판에서 얼마나 귀하고 비싼 줄 알아요?"

그리고 그 사람들, 상처를 너무 많이 받아 한국어 하는 한국인이라고는 거들떠도 보지 않으려 한단 말이에요, 라는 말은 삼켰다. 종옥에게 한탄해봤자 뭐가 달라지겠는가. 남 상처한 번 안 입히고 퍼주기만 하며 산 양반을 앉혀놓고 세상의 잔인함을 토로해봤자.

아이의 엄마, 하심미. 자신의 길고 긴 이름에서 가장 한국인 이름처럼 들리는 조각을 따다가 스스로 지은 이름이었다. 저녁에 태어났고 새벽에 죽었다. 사는 동안 나쁜 짓 한 적은 없고 많이 웃었으며 울기도 많이 울 팔자였는데 의외로 생을 통틀어 눈물 흐른 자국은 아주 조금밖에 안 말라붙어 있는 사람이었다.

심미 역시 일 년 동안 지상에 남아 있길 원했다. 어디에 눌러앉을지 고민하는 시간이 조금 길었다고 들었다.

어쨌든 심미는 지금 어디선가 자기 눈앞의 세상을 보고, 느끼는 중이었다. 종옥이 그러하듯 자신의 말투, 성격, 얼굴과 몸, 그리고 삶에서 가장 소중히 여겼던 가치를 모두 그대로 보존한 채. 심미가 어디 깃들어 있는지, 그렇게 어린 나이에 픽 세상을 떠나버려 경황이 없던 와중에도 무얼 가장 보고 싶어했는지 정 사자는 몇 번을 빙빙 돌리고 돌려 애를 태우다가 마침내 종옥이 폭발할 때쯤 슬쩍 알려주었다.

아.

어쩌면 당연할 수 있을 결과를 받아들고 종옥은 슬퍼졌다. 그러고는 스스로에게 조금 놀랐다. 자신이 왜 슬퍼야만 했는지 그 마음을 비집고 들여다보았다. 간단했다. 꼬맹이가 예뻐서. 꼬맹이가 우는 걸 보고 싶지 않은데, 그런 장면을 결국엔 맞닥뜨리게 될 수밖에 없을 테니까. 엄마를 탓하지 말아야 할 텐데. 어린 마음을 멍들게 하는 생채기가 되지 않아야 할 텐데. 이걸 어떻게 귀띔해줘야 아이가 울지 않을까. 종옥은 고민에 빠졌다.

그러자 비로소 미적대던 시간이 정신을 바짝 차리고는 빠르게 달려가기 시작했다. 종옥은 그렇게, 아이의 생각을 하면서 주말을 보냈다. 성주가 아닌 다른 아이에 대해 그렇게 오래 생각한 것은 성주를 데려온 이후 처음 있는 일이었으나 거기까지 스스로 알아채지는 못했다. 정 사자 정도는 알았을까.

◇

"이건 뭐, 거의 다 주신 것 같은데……"

아니에요, 저 먹을 만큼은 진짜로 덜었어요. 성주의 말에 도연은 속으로 생각했다.

……퍽이나 믿음이 가네요.

주말에 저 사람은 대체 뭘 먹고 지낼까? 금요일만 되면 자꾸 자기도 모르게 신경이 쓰였다. 주중에야 학교에서 급식을 먹는다고 하지만, 출근하지 않는 주말엔 입에 뭘 넣긴 하는 걸까. 서울처럼 음식점이 널려 있는 것도 아니고, 배달 앱엔 중국집이나 치킨집 하나 달랑 잡힐까 말까 하고, 애린이 열어본 냉장고는 정말 텅텅 비어 있었고, 부엌은 아무도 살지 않는 집인 것처럼 휑했고. 도연은 새벽 늦게까지 작업을 하다 출출해지면 냉동실에 얼려둔 빵을 꺼내 해동했다. 금방 녹은 빵을 우물우물 먹으면서, 성주의 냉동실까지도 그렇게

텅 비어 있을까 궁금해했다. 안 비어 있어도 뭐, 맛없는 닭가 슴살 팩이나 쌓여 있는 거 아냐? 하고 중얼거리기도 했다.

머리를 잔뜩 쓴 후 탄수화물을 그렇게 먹고 나면 어김없이 잠이 쏟아졌다. 꾸벅꾸벅 머리를 책상 위로 조아리며 간신히 작업을 마무리하고 이불 속에 기어 들어가면, 자주 성주가 꿈에 등장했다. 잠들기 직전까지 내내 생각했으니 어찌 보면 당연한 일이었다.

그렇게 대충 먹다가는 병나는데.

적잖이 마른 몸 때문에 오해를 받지만, 도연은 먹는 행위 자체를 좋아했다. 가리는 음식도 없고 밥도 꾹꾹 눌러 담은 한 공기를 말끔히 비웠다. 아무리 바빠도 식사 시간은 철저히 확보했고, 한 주가 시작되는 월요일마다 가장 먼저 생각하는 것이 그 주의 메뉴였다. 형이나 몇 안 되는 친구들이 컴퓨터 앞에서 인스턴트 음식으로 허겁지겁 끼니를 때우는 꼴을 보고 잔소리를 한 적도 많았다. 그래서 박 엄마라고 불리기도 했다. 엄마보다 더 잔소리를 많이 한다는 이유에서였다. 물론 엄마처럼 뭘 챙겨주는 일도 잦았다.

어쨌든 애린의 선생님이니 성주에게는 친구에게 하듯 끼니 챙기란 핀잔을 쉽게 줄 수 없었다. 그 말이 목구멍 끝까지 올라왔다가 혀로 도달하지 못하고 다시 꾸물꾸물 내려갔다. 그러니 더 신경이 쓰이고 생각이 났다. 못 한 말이 목구멍 대신 뇌로 올라가나보다, 하고 도연은 생각한 적도 있었다.

"그럼 저 가볼게요. 통은 다 드시고 나중에 체육관에서 주시면 돼요!"

그러니까, 등을 돌리는 성주를 붙잡은 것은 그저 반찬을 받았으니까, 라든가 이웃인데 그냥 보내기 뭣해서, 가 아니고 지금껏 주말마다 성주를 생각했기 때문이었다.

"……전기구이통닭은."

아주 구차한 변명까지 대면서.

"좋은 단백질이잖아요, 선생님……"

16

통닭은 물론이고 닭강정까지 혼자 절반이나 해치운 애린이 금방 꾸벅꾸벅 졸기 시작했다. 도연은 서둘러 양치를 시키고 애린을 안방으로 들여보냈다. 그러고는 다시 식탁에 앉았다. 도연이 비닐장갑을 끼고 해체해놓은 전기구이통닭은 아직 좀 남아 있었다.

"손 괜찮으세요?"

"그럼요."

집에 와서 한번 더 데운 후 앗 뜨뜨, 하면서 발을 동동 구르며 살을 발라내는 걸 다 봤는데 괜찮은 척은. 성주는 그렇게 정성 들여 발라놓은 통닭을 염치없이 먹기가 미안했다. 그래서 잘 못 먹고 내내 깨작거렸다. 되게 맛있었는데도. 껍질이

기가 막히게 바삭거리도록 구워졌는데도.

대신 도연을 구경했다. 야무지게도 먹네, 하면서. 생각해보니 빵 말고 다른 걸 먹는 모습은 처음 보는 것 같았다.

"이상하게 오븐에 구우면 이 맛이 안 나요. 저는 로또 되면 전기구이 트럭을 살 거예요."

도연의 말에 성주가 물었다. "로또를 사긴 사세요?"

"아뇨."

"그럴 줄 알았어요. 저도 안 사는데."

"선생님은 왜 안 사세요?"

"그렇게 꽁으로 돈이 생기면 제가 과연 만족할지 잘 모르겠어요. 왠지 불행해질 거 같아요, 제가 일해서 번 게 아니니까. 웃기죠? 어차피 확률상 될 리도 없는데 혼자 그런 상상 하는 게."

"어! 저도 똑같은 이유로 안 사요." 도연이 박수를 짝, 하고 한 번 쳤다. "로또 되면, 이라는 건 그냥 저의 말버릇 같아요. 당첨금을 받는 게 중요한 게 아니고, 그걸 곰곰이 생각해보면 내가 무슨 로망을 가지고 있는지 알 수가 있으니까? 선생님은 로또 되면 뭐 하고 싶으세요? 불행해지지 않는다는 전제하에."

"케이티 테일러 내한 추진."

"가수예요? 배우?"

"……아뇨. 여자 세계 챔피언이요."

아아. 도연이 팔을 쭉 늘어뜨리곤 풀이 죽은 듯 중얼거렸다. 아아, 그럼 그렇지. 제가 바보네요. 선생님이 데려오고 싶은 사람이라면, 당연히 복싱 선수일 텐데.

"그런데 선생님 대단하세요. 뭔가 그렇게 파고들어서 하시는 게."

"삼촌님 빵 만드시는 거랑 똑같죠, 뭐."

"에이."

"진짜요. 누가 시켜서 하는 것도 아니고 돈 되는 것도 아닌데 그냥 그걸 하는 시간 자체가 너무 소중하고 좋은 거 아니에요? 내가 왜 이 고생을 하고 있나, 싶어서 가끔씩 속상하다가도 몸이 알아서 움직이잖아요. 본능처럼. 그렇지 않아요?"

맞다. 도연은 고개를 끄덕였다.

"저는 지난주에 비슷한 생각 했는데. 마감 치고 정신 반쯤 나간 상태에서도 피낭시에를 만들었거든요. 반죽하는데 억울한 거예요. 내가 왜 이걸 하고 있지? 그리고 패닝하는데, 아 그러니까 패닝은 이런 틀에…… 반죽을 붓는 건데요. 이게 또, 양 조절이 엄청 중요해요. 조금 넣으면 배꼽이 안 생기고, 많이 넣으면 넘쳐서 모양이 안 예쁘고…… 또 구움 색은 잘

나오려나, 반죽 분리는 안 일어나려나. 구워지는 내내 오븐 앞에서 조마조마하게 발 구르고 있다보면 제가 좀 바보 같기도 하고 그래요. 사실 먹을 사람은 그런 거 생각도 안 할 텐데 나 혼자 왜 이러고 있나 싶어서."

"아, 빵 만드는 게 정성이 엄청 많이 들어가는 거구나⋯⋯"

"사실 무슨 요리든 마찬가지겠지만요. 정성 없으면 티가 날 수밖에 없어요."

정성⋯⋯

도연이 쓴 조마조마, 라는 단어를 들었을 때 이상하게 성주의 머릿속에서는 종옥이 떠올랐다. 사실 그랬다. 성주는 종옥이 하지 않았어도 괜찮을 모든 잉여 행동들을 모아 빚고 치댄 반죽이나 마찬가지였다. 핏줄도 안 섞인 아이라 모른 척 뒤돌아도 종옥의 삶에는 아무런 문제가 생길 리 없었다. 애지중지하는 대신 밥만 먹이고 잠만 재웠어도 종옥은 사람들에게 천사라 불리기 모자람이 없었을 터였다. 자신을 낳은 부모에게 심한 괴롭힘을, 그러니까 성주가 어렸을 때는 그런 게 가정폭력인 줄도 모르고 부모라면 응당 그런 짓을 할 권위가 있다고 여겨지는 시대였는데, 죽도록 당하는 아이들이 동네에는 많았다. 그 부모들이 종옥더러 뭐라고 했다더라. 자기들도 생면부지의 아이 데려다 키우면 아이의 미래에 대해 욕심부리지 않고 그저 충분히 좋은 말만 해주면서 키울 수 있다고, 자기 배 아파 자식 낳아보지 않은 종옥은 핏줄에 대한 애증을 절대 알지 못할 거라고, 그러면서 괜히 혼자 착한 척은 다 한다고 흉을 봤다고들 했다. 그런 부모가 꽤 많았기에 종옥은 오랫동안 은근한 질시를 견뎌야 했다. 알아서 행복하게 사는 두 사람을 시기하는 자들이 그렇게나 많았는데, 사실 헌신하는 종옥이 그런 평가를 받아야 할 이유는 전혀 없었다. 성주가 없었더라면 애당초 일어나지 않을 일이었으니까.

"저는 손재주가 없어서 뭘 만드는 것도 못하고, 성질이 급해서 진득하게 기다리는 것도 못해요." 성주가 말했다. "그래서 정성이란 개념을 잘 모르는 것 같아요. 사실 뭔가 호의를 받으면, 이미 해본 사람만이 알 수 있는 가치가 있잖아요? 이게 얼마나 힘들게 만든 건지, 이렇게까지 받을 사람 생각을 해줬다는 게 얼마나 놀라운 일인지, 그런 거요. 그런데 저 같은 사람은 그런 호의가 얼마나 큰지 모르는 거죠. 상상조차 할 수 없는 거예요. 경험이 없으니까……"

그러니까 종옥이 그렇게 이것저것 삶고 데치고 무치고 구워내도 깨작거리곤 말았다. 그러니까 반찬가게 사장이 그렇게 뭘 바리바리 싸줘도 그의 허물만 보았고, 또…… 그러니까 도연이 만드는 데 몇 시간이 걸렸을지 모르는 과자며 빵을 매일 체육관에 들고 오는 걸 고맙지만 성가시다고 여겼다.

"근데, 저는요."

도연이 말했다.

"저는 애린이를 키워봐서, 그런 아이 열다섯 명을 돌보는 게 얼마나 어려운 일인지 알고요, 게다가 저는 애린이 아빠가 아니라 삼촌이라서, 아무리 열심히 돌봐도 주변 사람들이 저를 그냥 중요하지 않은 임시 보호자 취급을 하곤 하는데요, 왠지 원래 학급이 아니라 돌봄반 선생님이시니 제 맘을 이해해주실 것 같고. 그리고 무슨 문제가 생기면 삼촌이 키웠다, 아니면 돌봄반 애다, 라는 게 가장 먼저 딱지가 되는 것도 똑같을 것 같고……"

아, 왜 이렇게 얘기가 중구난방이 되었지……라고 혼자 머쓱해하더니 덧붙이는 것이었다.

"그래서 결론은요, 선생님 말씀대로라면 저는 경험이 있어서, 그래서 선생님의 정성이 얼마나 큰지 이해할 수 있다는 거예요."

그러더니 머리끈을 풀고는 열 손가락으로 대충 빗어 다시 넘겨 묶었다. 그러고 보니 목선도 어깨선도 참 예쁘네, 하고 성주는 생각했다. 목선은 시원하고 어깨는 단정하고. 그런데 주먹의 힘은 자기 심지처럼 의외로 강하고.

◇

　미송 초등학교에 돌봄반이 처음 생긴다고 했을 때 주민들의 반대는 극심했다. 애 돌보는 건 집에서 며느리들이 다 할 수 있는 건데 왜 피 같은 세금을 들여 그런 짓을 하느냐며 손가락질을 했다. 그저 신청하는 대로 받고 나니 다문화 가정 아이들이 많았을 뿐이었는데, 한국인도 아닌 것들에게 특혜를 준다는 오해를 했다. 한 집 걸러 한 집에 외국인 가족이 생겨나고 미송면뿐 아니라 항만군 전체가 그들 없이는 돌아가지 못할 지경이 되어서도 그 목소리는 줄어들지 않았다. 내 세금이 왜 짱깨와 껌둥이들 교육에 들어가야 하느냐. 봐라, 짱깨와 껌둥이들을 그렇게 모아 가르치니 걔들이 똘똘 뭉쳐 행패를 부리냐 안 부리냐.

　돌봄 교사직에 대해서도 여기저기서 말이 많았다. 임용에 붙은 교사도 아닌 것들이 똑같은 교사 취급을 받고 선생 소리를 들으려 한다, 오후 몇 시간 애 돌보는 게 뭐 그리 힘들다고 일자리를 만들어 아무한테나 돈을 퍼주냐. 언젠가 한번 성주는 "초등학교에서 애들 가르쳐요"라고 했다가 대단히 무안을 당한 경험도 있었다. 체육관 신입 회원에게서였다. 운동은 안 하고 여자 회원들 호구 조사하느라 바쁜 사람이었는데, 저 말을 듣고서는 성주를 몇 주 동안이나 졸졸 쫓아다녔다. 나중에 돌봄 교사란 걸 알고는 거짓말쟁이라며 여기저기 친하지도 않은 회원들에게 성주에 대한 욕을 하고 다녔다고 들었다. 염 불엔 영 관심이 없고 잿밥만 찾는 인간이었으니 금방 체육관에 발길을 끊긴 했지만.

'임시 보호자'라 했나, 도연이. 그 단어가 주는 슬픈 인상을 성주는 충분히 이해할 수 있었다. 성주는 십 년을, 이십 년을 일해도 자격 미달의 '견습 선생' 취급을 누군가에게서 꾸준히 받을 테니까. 또 그런 이들은 하나만 하지 않아서, 아이가 그 런 자격 미달의 성주를 좋아하고 따르면 불같이 질투하고 미워했다. 임용 고사를 통과한 '진짜 선생'에겐 그러지 않았다.

제 배 아파 낳은 자식이 아니어서 욕심 없이 키울 수 있었다고 오해받은 종옥과 닮은 삶을 성주는 고스란히 따라가고 있었다.

부모가 아니라 삼촌이어서 더 조심스러워하고 더 남의 눈치를 살피는 도연 역시 똑같은 심정일 것이라고 성주는 생각했다.

어느 정도의 정성이 들어갔는지 저들은 알지도 못하면서.

넘치지도 모자라지도 않게 손을 벌벌 떨며 반죽 짜듯 토해내는 그 마음을 짐작조차 할 수 없으면서.

17

성주는 집에 앉아 가만히 그날을 생각하는 경우가 많아졌
다. 성주의 발화 대상은 언제나 돌봄반 아이들, 학부모들, 미
송 초등학교 교사들, 혹은 인봉이었다. 학교 다닐 적에는 조
용한 아이였기에 친구가 많지 않았고 그마저도 이제 거의 다
일자리를 찾아 외지로 떠났거나, 결혼을 해서 아이를 낳아 키
우느라 눈코 뜰 새 없이 바빴다. 누군가와 그렇게 길게 이야
기를 나눈 마지막이 언제였더라, 아무리 기억을 더듬어도 손
에 잡히는 장면이 없었다.

남 험담하기 좋아하는 많은 사람들은 초등학교에서 일하
는 사람들더러 "애들이랑 일하더니 성격도 사고도 애처럼 퇴
행된다"라고들 헐뜯는 경우가 많았다. 하나부터 열까지 천천

히 짚으며 또박또박 다 알려주어야 하는 아이들을 가르치다보니 그저 일터 밖에서 남을 대할 때도 천천히 하나하나 톺아보는 버릇이 나올 뿐인 이들을 그렇게 매도했다. 험담하는 사람들은 양치하는 법, 옷 입고 벗는 법, 똥 닦는 법 따위를 누가 가르쳐주지 않아도 다 알고 태어난 척 굴었다. 성주는 그들의 편견에 전혀 동의하지 않았지만 그래도 어디선가 입을 열고 자기 생각을 드러낼 때마다 그게 자기 발목을 붙들어 매는 것을 모른 척할 수도 없었다. 그래서 일을 하면 할수록 아이가 아닌, 나이 먹은 사람들 앞에선 자꾸만 입을 다물게 되곤 했다.

"친구가 생기니까 되게 좋구나……"

되돌아보면 대학 졸업 이후 친구란 게 새로 생긴 일은 처음인 것 같았다.

"근데 몇 살인지도 안 물어봤네."

궁금하긴 한데 이제 와서 물어보기엔 창피했다. 인봉에게 슬쩍 돌려 물을까, 싶다가도 그 역시 실례일 것 같은 데다가 인봉이라면 왜 그게 궁금하냐고 꼬치꼬치 캐물을 게 분명했다. 뭐, 몇 살인 게 뭐가 중요해. 친구면 친구지. 건넌말 할머니랑 우리 할머니도 친구였는데 뭐. 성주는 그렇게 자기 마음을 다스려 재웠다. 왜 자신이 도연의 나이를 갑자기 궁금해했는지는 애써 파악하지 않으려 했다.

◇

애린이 일어나서는 선생님이 갈 때 자기를 안 깨웠다며 칭얼거렸다. 도연은 애린을 달래고, 같이 게임 몇 판을 해주었다. 그러고는 도연의 방에 와서 함께 책을 펼쳤는데 금세 아이는 졸기 시작했다. 책 보고 조는 건 누구 닮았지? 나는 아닌데. 도연은 깬 지 두어 시간 만에 다시 졸기 시작한 아이를 얼른 다시 안방에 모셔다 놓았다. 하긴 애린으로서는 벌써 밤잠 잘 시간이긴 했다. 얼른 자자, 이제 진짜 푹 자자. 도연은 이불을 덮어주고선 불을 끄고 나왔다.

안방 문을 등 뒤로 닫고 나오면 바로 부엌이 눈에 들어왔다.

그러고 보니 시장에서부터 부엌의 싱크대까지, 해가 떠 있는 시간 거의 전부를 성주와 보낸 하루였다. 애린이 태어난 후 애린이 아닌 사람과 이렇게 오래 함께였던 적이 있었나. 아무리 머리를 굴려도 떠오르는 날이 없었다. 원체 사람을 만나지 않고 집에 틀어박혀 일만 하니. 수다야 애린과 항상 수도 없이 떨어대지만, 도연 자신이 어떤 생각을 하며 살고 있는지를 쉬운 말로 애써 풀지 않고 온전하게, 또 글이나 그림이 아니라 말의 형태로 표현한 것이 얼마 만인지도 가물가물했다.

손재주가 없다던 성주는 그러나 먹을 것을 치우고 기름기를 닦아내고 식기를 깨끗하게 뽀득뽀득 설거지하는 것엔 소질이 있었다. "제가 요리를 못하니까 양심상 설거지는 항상 담당했거든요, 어딜 가도 그랬어요. 그리고 저 설거지 엄청 좋아해요." 부산하지 않으면서도 빠르게 착착 거품을 묻힌 채 쌓여가는 접시들 옆에서 도연은 두 손을 어찌할 줄 몰라 휘저으며 발을 동동 굴렀다. 손님에게 설거지를 시켰단 미안함에서였다. 헹구는 건 제가 하면 안 될까요 선생님? 제발요…… 도연이 애원하듯 말해도 성주는 가차없었다. 이렇게라도 안 하면 제가 진짜 경우 없는 사람이죠.

"혹시 제가 그릇 순서 흐트러뜨려 놓을까봐 신경 쓰이시는 거예요? 남의 부엌에선 가끔 그런 일이 있긴 하던데."

아뇨, 그런 건 아니에요! 도연이 세게 고개를 젓자 그럼 됐어요, 제가 다 할게요, 하고 성주는 스펀지를 내려놓곤 수전을 틀었다.

사람 속도 모르고.

도연은 태블릿에 가는 선으로 싱크대에 나란히 선 두 사람을 그리다가 입을 비쭉 내밀었다. 사람마다, 제아무리 클리셰라 하더라도 꿈꾸는 장면이 있지 않나. 아주 평범하고 뻔한 영화나 드라마에 영향을 받아 생기는, 다른 이에게 말하긴 부끄러운 로망이. 그것이 도연에겐 싱크대 앞에 나란히 선 두 사람이었다. 굳이 애인이 아니더라도. 정성 들여 준비한 음식을 함께 먹고 함께 치운다는 게 얼마나 실현되기 힘든 일인지 도연의 어린 시절이 가르쳐주었기 때문이기도 했다. 더럽게 먹은 후 당연하다는 듯 이를 쑤시며 드러누워버리는 사람이 되지 않겠다고 다짐한 게 도연의 첫 번째 장래희망이었기 때문에. 도연과 도연의 엄마 혹은 형은, 식탁에서 꺼내지 못했던 말들을 물소리를 방패 삼아 더 깊게 나눌 수 있었다. 거실에 누운 남자의 귀에 들리지 않도록 아주 작은 목소리로 속삭여야 했지만. 조금이라도 소리가 들리면 대번에 뭐라고 떠드는 거냐는 호통이 날아들 터였으니까.

그 장면 좀 한번 연출하고 싶었는데 그걸 그렇게 못해주나…… 그놈의 원칙. 어휴, 진짜. 누가 운동선수 아니랄까봐 아주 꽉꽉 막힌 에프엠이지 진짜!

만약 도연이 애린의 삼촌이 아니었더라면 성주는 이렇게까지 자신에게 거리를 두려 노력하진 않았을 것이었다.

그러나 만약 애린이 없었더라면 아예 말조차 섞을 일이 없었을 것이라는 사실을 모를 정도로 도연이 바보는 아니었다.

일요일엔 바게트를 만들었다. 손목이 아프도록 악력을 써

166

서 반죽을 주물러야 했다. 애린이 조그만 손으로 도와주겠다며 조몰락거리는 걸 말리지는 않았지만 당연히 하등 도움이 되지 않았다.

바게트 반죽을 만들어 냉장고에 집어넣고 나서는 반찬을 꺼내놓고 애린과 밥을 먹었다. 맛있는 밥을 먹기 위해 일인용 압력솥을 두 개 꺼내어 딱 먹을 만큼만 만들었다. 애린이 한 공기를 다 해치우고 나서는 숟가락을 쪽쪽 빨고 있기에 도연은 제 솥에서 숟가락이 닿지 않은 부분을 덜어 애린의 솥에 넣어주었다. 많이 먹어야 발목도 빨리 낫지. 도연은 말하면서 덧붙였다. 발목 아파서 체육관도 못 가고, 운동장 놀이 시간에 제대로 놀지도 못할 거 아니야.

"근데 놀이 시간에 쌤이랑 앉아서 얘기 많이 해."

"그래?"

"응. 물어보는 대로 쌤이 다 대답해줘. 그래서 안 심심하고 좋아."

"좋겠다."

도연은 자기도 모르게 대답하고서는 혼자서 지레 화들짝 놀라 젓가락으로 식탁을 두드렸다.

"아니, 그러니까. 애린이가 좋겠다고. 좋아하는 쌤이랑 이야기 많이 해서."

얼씨구, 그래 네 멋대로 변명해봐라 내가 퍽이나 믿나, 하는 조카의 표정은 인생을 다섯 번쯤 더 살아본 것처럼 노련했다.

◇

5월의 마지막 수요일이었다.

학교에 애린을 데리러 왔을 때만 하더라도 그저 바쁜 줄로만 알았다.

그러나 체육관에서는 뭔가 이상하다는 걸 직감했다.

성주는 도연에게 말 붙일 기회 한 번 주지 않겠다는 듯 한 라운드도 쉬지 않고 내리 섀도를 하거나 샌드백을 두드렸다. 라운드 사이사이의 쉬는 시간에는 바닥에 찰싹 붙어 팔굽혀펴기를 했다. 그 등에 대고 말을 걸긴 실례일 것 같아 도연은 성주의 루틴이 끝나기까지 케틀 벨을 깔짝거리며 기다렸다.

그러나 샤워를 마치고 나오자마자 성주는 인봉의 사무실로 쏙 들어가버렸다. 도연에게는 딱 한마디만 했을 뿐이었다.

"삼촌님, 저 오늘 관장님이랑 뭐 이야기할 게 있어서…… 먼저 들어가보시겠어요? 죄송해요."

아아, 알겠습니다. 도연은 인사하고 가방을 챙겨 나왔다. 그래, 생각해보니 성주는 그냥 일반 회원이 아니라 선수인데, 애린이며 도연 자신이며 눈치 없이 너무 방해를 일삼은 것도 같았다. 인봉도 말하지 않았던가, 성주가 운동 중간중간 저렇게 말을 많이 하는 건 처음 본다고. 원래 루틴 처음 시작하면 끝마칠 때까지 말 한마디 안 하고 집중하는 성향이었다고. 그러니 이제 성주는 다시 정신 차리고 운동하자, 란 생각을 가졌을 것이다. 행여나 도연을 탓하는 모양이 될까봐 차마 솔직하게 말하진 못했겠지만.

가방 속에서 바게트 봉지가 바스락거렸다. 같이 가져온 생크림은 내일이 되면 상할 터였다. 지금이라도 사무실에 전해주고 올까. 저 양반, 이거 아니면 오늘 또 냉동 닭가슴살이나 돌려 먹고 잘 텐데. 도연은 놀이터 어귀에 세워둔 자전거 자물쇠를 풀다 말고 다시 채웠다. 그러고는 바게트가 든 가방을 다시 메고, 놀이터를 빙 둘러 한 바퀴 돌며 머뭇대다가, 건물로 다시 들어가려 발을 재촉했다.

직업병인지 자세가 구부정해 바다거북이라 불릴 때도 있곤 했는데, 참 이상하지. 왜 그때만큼은 고개가 꼿꼿하게 펴졌을까. 왜 하필.

"……"

그냥 바람이 세게 한 번 불어서 나뭇잎 몇 장이 후두둑 떨어지길래 슬쩍 올려다보았기 때문이었을까. 사실 도연은 잘 기억이 나지 않았다. 고개를 들었을 때 시야에 들어온 장면이, 모든 가능했던 이유를 그냥 묵살해버렸다. 지워버렸다. 무슨 이유에서였던, 보지 않는 게 나을 뻔했다.

성주가 창문으로 이마와 눈까지만 보이도록 얼굴을 빼꼼 내밀고 도연을 보고 있었다.

인봉이랑 할 말이 있다더니, 거기 서서 도연이 가는지 지켜보고 있었다.

그제야 도연은 알았다.

성주는 도연을 피하는 중이었다.

18

둘도 없는 절친한 친구처럼 붙어다니더니 싸우기라도 했느냐고 인봉은 물었다. 성주와 대화가 단절되었던 고비를 애린과 도연 덕에 넘었으니 인봉도 뭔가 보답해야 한다는 책임감을 느끼긴 한 모양이었다. 그러나 성주는 가타부타 언급 없이, 나중에 이야기하겠다며 고개를 저었다. 뭐야, 고백이라도 받았어? 아님 했어? 쌍방이면 이럴 리 없을 테니, 어느 쪽으로 일방인 건데? 인봉이 일부러 농이 섞인 어조로 묻자 등을 거세게 때렸다. "그런 거 아니라니까요. 하여간 남녀가 붙어 있으면 그런 생각밖에 못 하는 사람들이 문제야."

아직 인대가 낫지 않아 돌봄 교실만 마치고 집에 가는 애린은 꿈에도 모를 터였지만, 성주가 기를 쓰고 도연을 피한 지

벌써 일주일째였다. 첫 사흘 정도를 평소처럼 기다리던 도연은 나흘째부터 아무 말 없이 제 운동이 끝나고는 먼저 가방을 메고 내려가버렸다. 성주에게 인사야 했지만 인봉에게 하는 김에 동시에 해치우는 거나 마찬가지였다.

안녕하세요.

안녕히 계세요.

그게 끝이었다.

둘 사이가 서먹해지니 인봉은 배고프단 소리를 입버릇처럼 했다. 야 성주야, 나 배고프다, 아아, 당 떨어진다아, 지금 빵 먹을 시간인데. 그러면 성주는 쏘아붙였다. 뭐 어디 빵 맡겨 놨어요? 뻔뻔하기도 하셔라.

왜 싸웠어, 얼른 화해해, 라는 뜻인 걸 다 알았지만 성주는 일부러 알아듣지 못한 듯 굴었다.

그러나 인봉보다 더 애타도록 아쉬운 사람이 있었으니 바로 종옥이었다.

"아니 도대체 내 새끼는 어떻게 살고 있는 겨……"

매일 사무실에 들어와 듬뿍 푼 잼을 꼼꼼히 펴 바르듯 종알종알 한담을 나누곤 하던 자리가 싹 사라져버렸으니, 사무실에 갇힌 종옥은 성주의 일상을 전혀 알 수 없게 되었다. 하루

종일 볼 수 있는 성주의 모습이라곤 사무실 유리창 너머로 희미하게 비치는 것뿐이었다. 샌드백을 치거나, 섀도를 하거나. 인봉에게 인사할 때를 제외하고는 성주의 목소리를 제대로 듣지 못한 지 일주일이 지나니 신경이 바짝 말라 바스라질 지경이었다.

"저 멸치 같은 놈팡이는 뭘 하고 있는 건가, 당장 내 새끼를 내 앞에 데려오지 않고."

종옥이 잔뜩 열받아 저도 모르게 중얼거리면 옆에서 정 사자가 꼭 입바른 소리를 했다.

"할머니, 놈팡이랑 고성주 씨 붙어 있는 거 싫어하셨잖아. 아주 잘됐네요."

"헛소리하지 말어."

"이 할머니, 가만 보면 거짓말을 밥먹듯이 한다니까. 녹음이라도 할 걸 그랬네."

무슨 일이 있었는지 궁금해 미칠 지경이었으나 일단 얼른 상황을 타개할 방법을 찾아야 했다. 정신 놓고 있는 사이 벌써 초여름이었다. 이런 식으로 아까운 날들을 흘려보낼 수는 없었다.

계획 하나. 어떻게든 사무실을 탈출해 다시 성주의 거실로 돌아간다.

계획 하나. 저 둘 사이에 무슨 일이 있었는지 알아낸 후 화해를 시킨다.

계획 하나. 수단과 방법을 가리지 않고 성주의 몸에 들러붙어 떨어지지 않는다.

……다 종옥의 몸으로는 씨알도 먹히지 않는 계획들이었다.

"가시나가 필요해."

답은 하나뿐이었다.

"가시나가 빨리 나아서 다시 와야 혀."

생각해보니 성주는 이제 매일 꼬박꼬박 반 개씩 먹던 빵도 먹지 않을 터였다. 어쩐지 배짝 곯아 보였다고 종옥은 혀를 차며 관자놀이를 짚었다.

"가시나가 어떻게 하면 빨리 낫지. 정 사자, 뭐 할 수 있는 거 없어?"

그러면 정 사자는 태연자약하게 대답하는 것이었다.

"제가 뭐 안 해도 금방 나을 겁니다. 어린애잖아요."

"할 수 있는 것도 없으면서 있는 척 굴지 말어."

"아시면서 뭘 그렇게 물어봐, 할머니."

그리고 마침내 그토록 기다리던 애린이 다 나은 발목을 자랑하듯 펄쩍펄쩍 뛰며 체육관에 돌아왔을 때, 종옥은 애린처럼 똑같이 제자리에서 최대한 높이 뛰어올랐다. 애린이 자신을 보아야 하는데, 나눌 이야기가 있단 걸 알아야 하는데, 가만히 부르기만 하면 타임 벨 소리며 줄넘기 소리, 샌드백 소리 따위에 묻혀 전혀 알아듣지 못할 테니까.

여기! 애기야! 날 좀 봐줘라! 봐달라고!

여기! 사무실! 창문! 좀 보라고!

애린의 눈치가 제법 빠른 건 이미 익히 알았으니, 제 삼촌과 자신이 서먹하다는 사실도 분명히 감지하리라고 성주는 마음의 준비를 하고 있었다. 다만 최대한 그 정도가 약해 보이도록, 티가 덜 나도록, 그냥 아, 오늘은 어른들이 좀 피곤한가, 싶을 정도로만 느끼게 하도록 애를 썼다. 말은 안 했지만 도연도 척하면 척, 자신처럼 어른답게 연기력을 발휘해주길 바랐다.

그러나 도연은 정말 바보같이 굴었다. 쉬는 시간, 성주와 함께 링사이드에 나란히 앉은 애린이 작은 손바닥으로 탁탁, 링의 바닥을 두들기며 도연을 불렀지만 도연은 이상하게도 저멀리 벽에 붙은 태극기만 독립운동가처럼 골똘히 바라보고 있었다.

"삼촌!"

세 번쯤 무시당하자 애린이 소리를 빽 질렀다. 그러자 도연은 휙 돌더니 인봉을 향해 묻는 것이었다.

"관장님. 화장실 비밀번호가 뭐였죠?"

"아이고 회원님, 처음 오셨습니까."

"관장님, 놀리지 마시고…… 기억이 안 나서요."

"저기 벽에 붙어 있지 않습니까."

성주와 애린 쪽은 쳐다보지도 않고 휘청휘청 걸어 화장실로 내빼는 뒷모습을 보다가 인봉이 입을 열었다. "애린아."

"네?"

"너희 삼촌 어디 아프시냐?"

"엥…… 오늘 아침에도 학교 가기 전에 저랑 게임하고 빵 구웠는데. 너무 일찍 일어나서 아픈가? 일어나보니까 삼촌이 반죽이랑 그, 그, 그…… 바료?"

"발효?"

"네. 거의 다 해놓았더라고요. 그거 오늘 가져왔어요!"

"오, 무슨 빵?"

"소금빵!"

인봉과 애린이 신나게 이야길 주고받는 동안 성주는 유리로 된 체육관의 출입문을 노려보았다. 도연은 빨리 돌아올 생각이 영 없어 보였다. 선수님, 그만 농땡이 피우고 운동해야지, 하며 인봉이 애린에게 훅을 치는 시늉을 할 때까지 도연은 돌아오지 않았다.

그날 애린은 처음으로 링에서 사람을 직접 때려보았다.

"배웠던 것만 반복하면 돼. 원투, 잽잽투, 원투 백스텝 원투, 원투양훅. 거리 잘 조절하면서. 알지?"

제 머리만한 십이 온스 글러브를 낀 애린이 고개를 끄덕였다. 상대는 성주였다. 돌봄 선생님을 합법적으로 팰 수 있는 좋은 기회니 최선을 다하렴. 성주는 말하려다가, 애린이 '합법적'이란 단어를 이해하지 못할 것 같아 관두었다. 뭐, 그런 말을 하지 않아도 열심히 할 아이였다.

도연과 눈 한 번 제대로 마주치지 않은 지 며칠째인가. 이제 도연 역시 성주를 없는 사람 취급하기 시작했다. 그런 생각이 들 줄은 몰랐는데, 이상하게도 실은 너무 속이 상했다. 도연이 눈을 마주치지 않은 채 고개만 주억거릴 때마다. 애린에게 새 책가방이 생겼는데 도연에게서 그 뒷이야기를 들을 수 없다는 것. 성주 자신이 먼저 초래한 일인데도 그랬다.

그래도 애린이 링 위에 섰으니, 이때만큼은 불가피하게 나까지 함께 봐줄 수밖에 없겠지. 성주는 자기도 모르게 그런 생각을 하고는 그 생각이 기대감을 내포하고 있단 사실을 깨닫고서 퍼뜩 놀랐다.

땡, 소리가 나고 애린이 달려들기 직전에 도연이 물 묻은 손을 털면서 돌아왔다.

19

"저, 저는 속이 안 좋아서요. 같이 드세요, 저는 그동안 웨이트……하고 있겠습니다."

도연은 연기의 이응 자도 흉내낼 줄 모르는 인간이었다. 누가 봐도 자리를 피하는 게 빤히 보였다. 애린이 득달같이 고개를 돌리더니 입을 열려 들었다.

그러나 인봉이 조금 더 빨랐다.

"아니, 회원님. 빵은 안 드시더라도 애린이 오늘 첫 연구 스파링 어땠는지 평가는 들으셔야 할 거 아니에요?"

"아……"

"웨이트는 평가 끝나고 하시고요, 일단은 사무실로 들어오시죠. 거, 상대도 같이 와야지. 성주야! 고성주! 그래, 성주도

와야지. 남의 주먹은 원래 맞아본 사람이 제일 잘 평가하거든요. 당연히."

그렇게, 아주 익숙한 조합이 다시 인봉의 사무실에 모여들었다. 빵 이름이 무슨 소금빵이래? 짠 빵이에요? 인봉이 말하며 빵을 주욱 절반으로 뜯어 갈랐다. 버터 향이 모락모락 피어올랐다.

"성주야 어땠냐?"

빵을 우물거리느라 차라리 '승후유 으넷냐'와 비슷하게 들리는 발음으로 인봉이 묻고선 입안에 든 걸 꿀떡 삼켰다.

"체력이 진짜…… 미쳤는데요. 우리 세 개 했나? 세 개 했죠?"

"삼 라운드 풀로 했지."

"주먹이 어떻게 쉬지 않고 나오지? 저 운동 한 삼 년 하고 났을 때 체력이랑 비슷한 거 같아요. 진짜 부럽다."

"빠따는? 나쁘지 않지?"

"스트레이트가 쿡쿡 박히는데요. 저 아까 코 한 번 제대로 맞았잖아요. 아직도 얼얼한데."

애린은 본인 칭찬을 있는 자리에서 듣는 게 부끄러운지 몸을 배배 꼬았다.

"선수 하고 싶단 게 빈말은 아니었네, 라고 정리될 수 있는……" 성주가 웃으며 애린을 흉내냈다. "그런 첫 단추였다. 제 정리는 그래요."

"도연 회원님은? 조카의 주먹 어떻게 보셨을까?"

도연은 두 사람의 호들갑을 듣는 내내 고개를 갸웃하고 있었다. 물론 애린이가 열심히 때리긴 했다. 그러나 도연의 눈엔 애들 장난같이 보였다. 아무리 애린을 사랑한다 해도, 엉성해 보이는 건 엉성해 보이는 거였다. 보통 애들도 저 정도는 하지 않을까. 체력이 좋다니, 어리니까 당연한 거 아닌가. 도연은 자신이 솔직하게 대답해 균형을 맞춰줘야 하겠다고 생각했다. 그런 결정에는 도연 자신의 성격도 한몫했다. 겸손한, 아니, 겸손하다기보다는, 자라면서도 다 큰 이후에도 진솔한 칭찬을 받아본 일이 없어 그 칭찬에 오롯이 기뻐하는 것이 죄악처럼 느껴지도록 잘못 배워버린 이의 선택이었다.

애린은 삽시간에 풀이 확 죽어버렸다. "아닌데. 관장님이 보기엔 애린이 진짜 잘하는데, 삼촌이 뭘 모른다. 그치 애린아?" 인봉이 말해도 애린은 입술만 삐죽거렸다. 애린이 이렇게 큰 반응을 할 줄 몰랐기에 도연은 당황했다. 선수 하고 싶단 거, 그냥 농담인 줄로만 알았는데, 저렇게 삐칠 정도로 진지한 계획이었나? 그런데 어른의 허황된 칭찬 때문에 꿈을 가지게 되는 건 아이에게도 좋지 않은 일이 아닌가? 내가 애린에게 사과를 해야 하나? 하지만 이미 솔직한 감상을 들어 버린 애린이 그걸 믿을까? 아…… 설마 내가 잘못한 건가?

생각은 또 엉뚱한 자책으로까지 잘못 이어졌다.

내가 낳은 부모가 아니라서 그럴까? 내가 애린을 낳은 사람이었다면, 너무 사랑해서 뭘 하든 다 잘해 보일까? 나는 애린에 대한 애정이 이 정도밖에 안 되는 걸까?

"사람은, 딱 경험만큼만 보인다더니."

성주가 불쑥 내뱉었다. 그러고는 그 뒤를 잇지 않았다.

무슨 소리인가?

도연은 화가 났다.

지금껏 나를 모르는 척하고, 무시하고, 같이 쌓아온 시간들이 다 날아가버린 것처럼 서먹하게 굴고, 그래서 내 맘을 아프게 하고, 자꾸 생각나고 억울해서 잠도 못 자게 했으면서도 그 사실마저 모를 사람이.

드디어 입을 열었는데, 그게 겨우 타박이라니.

도연은 자기도 모르게 대답했다.

"말이 심하시네요, 선생님. 솔직하게 이야기했단 이유로 그런 말을 들어야 하나요, 제가?"

심상찮아진 분위기를 감지한 인봉이 애린더러 잠깐 나가 있으라고 했지만 오히려 눈물이 그렁그렁해진 애린에게서 역공이 날아왔다. "싫어요! 내가 왜? 난 있을 거야! 안 나갈 거야!" 결국 그 서슬에 눌려 어른 셋이서 사무실 밖으로 나와서는, 우두커니 서 있기가 뭐 해 링사이드에 쪼르르 앉았다. 그 와중에도 인봉은 반 잘린 소금빵을 든 채였다.

"애린이가 저렇게 화내는 건 친구랑 싸운 이후로 처음 본다고요."

성주의 그 말이 또 자신을 탓하는 것 같아 도연은 속이 상했다. 아주 못난 생각까지 들었다. 당신은 저 애를 일이 년쯤 보고 말 거지, 그러니까 뭐든 좋은 말만 해줘서 사랑받을 수 있지. 하지만 나는 달라. 나는 저 애를 내가 죽을 때까지 챙겨줘야 하고, 진짜 너무 사랑하지만 필요한 말들을 골라 해줘야 하고……

"선생님이야 칭찬만 해주셔도 좋……"

"어른들끼리 꼴사납게 뭘 또 싸우려고 듭니까. 내가 보기에 문제는 간단히 해결될 거 같은데."

도연의 말을 싹둑 끊고서는 인봉이 치고 들어왔다. 두 사람의 고개가 인봉을 향해 일제히 돌아갔다.

◇

"할말이 뭔데 그렇게 뛰었어요? 안 힘들어요?"

저 요망한 가시나. 어른들이 나가자마자 손등으로 눈가를 쓱 훔치더니 대번에 트로피에, 그러니까, 눈알만 굴리던 종옥에 대고 물었다. 아이의 눈은 언제 그렁그렁했냐는 듯 말끔했다. 복싱이 아니라 연기를 시켜야 할 판이었다.

"그래, 얘. 고맙다. 어째 이렇게 어른들을 싹 쫓아내줬니. 신통방통하다."

"좀 있으면 들어오지 않을까요? 할머니 할말이 뭐예요?"

종옥은 입을 열었다가, 다시 다물었다. 이를 꽉 깨물고, 입술까지 말아 집어넣었다가 다시 푸후, 하고 뱉었다. 아이의 얼굴이 너무 가까웠다. 제집에 있을 때보다 훨씬 더 가까웠다. 종옥이 준비한 말을 들은 후 저 얼굴이 어떻게 변할지 가늠조차 할 수 없는 게 갑자기 종옥은 걱정되고 두려워졌다.

크고 둥근 눈, 오래된 나무의 껍질 같은 색의 눈동자, 낭창낭창한 가지처럼 기다란 속눈썹, 고집스러운 입매. 제 삼촌을 쏙 빼닮은, 그래서 아마도 아빠에게서 물려받았을 코. 모든 구석구석이 어떤 방식으로 무너질지를 상상하니 입이 쉽사리 떨어지지 않았다.

누구의 잘못도 없었다. 그런 상황에서의 상처는 오히려 깊을 수도 있었다. 사람들은 상처를 받으면 응당 가해자를 찾기 마련인데, 그리고 찾아내어 단죄하는 행위에서 치유를 경험하는 게 보통인데, 이 경우엔 화살을 돌릴 곳이 없었으므로 어쩌면 촉의 방향이 애린 자신을 향하게 될 수도 있었다.

내가 너무 섣불리 불렀나. 조금 더 오래 생각해볼 걸 그랬나. 종옥은 벼락같이 후회했지만 이미 늦었다.

"네? 뭐예요?"

애린이 재차 물었다. 종옥은 침을 꿀꺽 삼켰다.

애린이 이렇게까지 우는 건 신생아 티를 벗은 이후 처음 본다고, 도연은 고개를 푹 숙이고 인봉에게 이야기했다. 눈물범벅이 되어 딸꾹질을 하는 애린의 얼굴을 티슈로 닦아주던 성주가, 너무 울음을 안 멈추니 차라리 따뜻한 물로 샤워라도 시키겠다며 샤워실로 데려간 지 삼십 분이 지났다. 아직 둘은 나오지 않았다.

"솔직히 도연 회원님이 잘못하셨어요. 진짜 애린이는 재능이 꽤 있고요, 또 오늘, 자기 온 힘을 다해서 치고받고 했거든요, 내가 봐도. 근데 왜 그런 식으로 깔아뭉개셨어요. 저랑 성주는 빈말은 안 해요. 운동한 사람으로서, 보는 눈도 양심도 나름 철저하다고요."

인봉의 타박에 도연은 얼굴을 두 손 사이에 파묻고선 끄응, 하고 소리를 냈다. 그러고선 말했다. "알겠어요. 제가, 제가 뭣도 모르고 섣부른 말을 했던 것 같아요."

"성주 저번에 저한테 화냈던 거 보셨잖아요. 둘이 어째 성격이 똑 닮았네. 불같이 화내는."

애린이 진짜 재능 있어요, 라고 인봉은 다시 한번 확언하고선 여자 탈의실 문 쪽을 바라보았다. 애린을 처음 보고 나서 얼마나 꿈에 부풀었는지 내비치긴 남사스러워 지금까지 누구에게도 이야기하지 않았지만, 그렇지만 명백하게, 애린은 '거물'이었다. 절대 놓치면 안 됐다. 놓칠 수 없었다. 드디어 때가 됐다! 이제 나도 어린 선수 한번 키워보자! 애린이 본격적인 운동을 시작한 후 인봉이 항상 꿈꿔왔던 미래는 그랬다.

여자 탈의실 문이 열렸다. 애린과 성주가 앞서거니 뒤서거니 나왔다.

"집에 가요."

애린이 말했다. 그 말을 들으니 도연은 정말 미치고 팔짝 뛸 지경이었다. 애린이 왜 그렇게까지 울어야 했는지, 성주가 제게 뱉었던 슬프고 날카로운 말들의 진의는 무엇인지 알아야 하는데 이렇게 어영부영 끝낼 수는 없었다. 처음엔 애린을 위해서였는데, 지금은 정말로, 진심으로 도연의 입장과 마음 때문이었다.

"애린아."

애린은 대답하지 않았다.

"삼촌이 미안해. 삼촌이 잘못했어."

인봉이 조금 놀란 표정을 지었다. 성주도 그랬다.

어린 시절부터 도연이 줄곧 해왔던 가장 큰 다짐 중 하나가 바로, '미안하다는 말을 아끼지 말 것'이었다. 상대가 누구든 간에. 자신보다 나이가 많든, 어리든, 지위가 높든, 낮든 간에. 특히 자신의 나이가 많고 지위가 높을수록 더 그러리라 명심했다. 그러면 사람들은 대개 '미안해할 일을 만들지 말든가' 하는 식으로 비꼬아 생각하곤 하지만, 도연은 알았다. 세상은 너무나 변화무쌍하게 돌아가고 도연 자신 역시 완벽하지 못해서 언제나 의도와는 다른 일이 생기기 마련이라는 사실을. 그 누구의 악의가 없어도, 미안할 일은 꽤나 많이 만들어진다는 사실을. 그런 상황에서 상처를 크게 받는 건 결국 가장 어리고 약한 이다. 미안하단 말을 할 줄 모르는 부모의 손에 자라고 그런 선생들에게 교육받으면서 도연은 속으로 수없이 외웠다.

나는 미안하다고 먼저 말할 수 있는 어른이 될 거야.

"삼촌이 몰라서 그랬어. 선생님 말씀이 맞아요. 전 잘 모르는 사람이라, 뭐가 잘하고 뭐가 못하는 건지도 몰랐어요. 이제 애린이 운동하는 거 제대로 보려면……" 심미라면 이때 어떻게 했을까. "저도 공부 많이 해야겠네요. 운동도 많이 하고. 그치 애린아."

애린은 대답을 하지 않았다. 아이의 고집을 알기에 즉각적인 화해는 기대도 안 했다.

"엄마가……"

도연 자신도 모르게 나온 말이었다. 심미의 생각을 너무 많이 하다보니 불쑥 튀어나온 모양이었다. 옆에서 성주가 당황하는 게 느껴졌다. 도연은 잠시 말을 끊었지만 곧 다시 이었다. 언제까지 엄마 이야길 안 하며 살 순 없다. 소중한 사람이었으니 자주 불러내야 한다.

"엄마가 보고 좋아하겠다. 애린이는 기억하려나. 엄마가 주말마다 UFC 중계 보는 거 엄청 좋아했는데. 명절엔 무조건 씨름 보고."

"진짜요?"

인봉이 묻자 고개를 끄덕였다.

"네. 그래서 저랑 형한텐 채널권도 없었어요. 저랑 형은 완전 몸치라 맨날 그 앞에서 쭈그러지고……"

그때 애린의 목소리가 도연의 말을 날카롭게 끊었다.

"엄마는 못 봐."

어른 셋은 모두 우뚝 멈추었다. 그 목소리에 뚝뚝 묻어나는 체념이 너무 끈끈했다. 누구라도 느낄 수 있을 정도. 떼어내려 해도 완벽하게 흔적 없이 사라지는 게 불가능한, 손에 묻고 사방에 묻고 뒹굴면서 세상의 온갖 먼지란 먼지를 다 제 몸에 붙일 듯한 딱풀 같은 감정이 애린의 말 한마디에 실려 있었다.

"엄마는 못 본다고."

"아냐 애린아, 엄마가 하늘에서 다 보고……"

아니라고!

내가 말했잖아!

엄마는 못 본다고!

거짓말 치지 마!

못 본다고, 엄마는!

성주가 씻긴 게 모두 도로아미타불이 되도록 우는 애린을 안고 도연은 어쩔 줄을 몰라 발을 동동 굴렀다. 그리고 성주

는 도연 역시 툭 건들기만 하면 울어버릴 상태임을 알아차렸
다. 의젓한 척 구는 아이들이 저런 표정을 많이 짓곤 했다.

그것은 며칠 전 교장실에 불려간 자신이 지었을 표정이기
도 했다.

20

　성주의 기준으로, 교장은 미송 초등학교의 유일한 결점이
었다.

　처음 교장이 올 때 이런저런 소문이 많았다. 대부분 그 교
장이 어떤 잘못을 해서 출퇴근도 힘들며 교원들이 기피하는
미송 초등학교에까지 밀려났는지에 대한 내용이었다. 성주가
사랑하는 직장인 미송 초등학교는 아무것도 모르는 외부 사
람들, 특히 항만군 중심가의 사람들에게는 최악의 학교로, 눈
길조차 돌리고 싶지 않은 곳으로 치부되곤 했다. 가장 낮은
중학교 진학률, 가장 낮은 학력 수준, 가장 높은 외국인 비율.
그리고 미송 초등학교 졸업생들이 그렇게 사고를 많이 친단
소문이 돌면서 항만군 내의 중고등학교도 미송에서 진학한

아이들을 초장부터 색안경을 낀 채 대하는 일이 잦았다.

　사람들은 원인은 보려 들지 않았다. 외국인 근로자 없이는 단 하루도 제대로 굴러가지 못할 항만군에 사는 군민들은 그러나, '우리가 일을 하라고 했지, 애를 키우라고 했냐' 같은, 혹은 더 나아가 '우리 세금으로 외국인 교육? 오 노!' 따위의 현수막을 참 쉽게도 걸었다. 성주는 자신이 어렸을 때에도 항만군에서 오토바이를 훔치고 돈을 뺏고 패를 지어 남을 때리는 무리는 넘쳐났으며 그들은 모두 당신들과 같은 한국인이었다고 말하고 싶었다. 그리고 이전엔 한국인 십 할이었던 항만군이 한국인 오 할, 외국인 오 할의 고장이 되었으니 문제를 일으키는 사람의 비율도 자연히 그렇게 따라가는 것이 통계적으로 너무나 당연한 것 아니냐고. 그러나 사람들은 혐오하고 싶어서 생각을 하지, 생각을 하고 혐오하지 않았다.

　교장은 처음 온 날부터 하수처리장에라도 들어온 사람처럼 코를 잔뜩 찡그린 채 교사들을 몰아세웠다. 인풋이 '열등'하고 '위험'한데 어떻게 당신네들은 다른 지역의 교사들과 똑같은 수준으로밖에 근로할 생각을 하지 않느냐며, 당신들이야말로 직무 유기를 하는 거라고 호통을 쳤다. 걔들이 보통 말로 해서 들을 종자들입니까? 교장은 정말로 그렇게 말했다. 당신네들이 패서라도 우리 땅에 해 끼치지 않을 보통 사람으로 만들어놓아야 하는 것 아닙니까? 제 나라 버리고 우리 땅에 왔으면 당연히 우리 기준을 따라야 하는 것 아닙니까? 그렇게 만들어놓는 것이 공교육의 목적 아닙니까? 겨우 그걸 못해서 지금 기피 학교가 되고 있지 않습니까, 그러면 뭐라도 타개할 방법을 찾아야 하는 것 아닙니까?

교장은 아이들이 노는 걸 싫어했다. 한국말을 배우는 게 먼저입니까 운동장 나가서 냅다 생각 없이 망아지처럼 뛰어다니는 게 먼저입니까? 그는 지치지도 않았다. 뒷짐을 진 채 전교를 돌아다니며 손에 연필을 쥐지 않은 아이가 있는지, 혹시 공부를 시키는 게 아니라 아무짝에도 쓸모없는 공예 따위를 하는 학급이 있진 않은지 살폈다. 가끔은 스스로 매도 들었다. 정말 귀신같이, 한국에서 체벌이 금지되었다는 사실을 알지 못할 학부모의 아이만을 교장실로 불렀다.

조금만 버티면 돼, 라고 선생들은 이야기했다. 그들은 어차피 계속해서 전근을 다녔으므로 적게는 일 년, 길게는 사 년을 버티면 그 교장과는 다시 안 볼 사이가 될 수 있었다. 회식 때마다 그의 욕을 와르르 쏟아내면서도 결국 별 뾰족한 방안을 생각하지 않은 채 교무실에서 웃을 수 있는 이유였다.

그러나 성주는 그렇지 않았다. 성주는 이 학교에서 무기 계약직으로 머무를 것이었고, 한번 드리운 폭력과 강제의 그림

자는 쉽게 걷히지 않을 거란 사실을 잘 알았다. 그 압제가 가장 두 눈 시퍼렇게 뜨고 주시하는 곳이 바로 돌봄반이었으니까. 돌봄반은 교장이 질색하는 모든 요소를 가장 높은 밀도로 품고 있었다. 외국인, 교장은 꿋꿋이 '결손가정'이라 부르는 가족의 형태, 저소득층, 놀이를 기반으로 한 커리큘럼, 그리고 쓸데없는 교구들로 학교 예산 '갉아먹는' 것까지. 모조리, 전부 다.

그러나 성주는 지금껏 잘 버텨왔다. 미송면 토박이라는 점이 크게 작용했다. 교장이 생떼를 쓸 때마다 성주는 말했다. "교장 선생님이 외지인이라 잘 모르시나본데요……"라고. 눈에는 눈, 이에는 이. 한국 사람이라고 외국인 혐오할 거면, 나는 미송면 사람으로서 외지인인 당신을 곱게 보지 않을 거야. 성주는 그런 마음으로 교장을 대해왔고 지금껏 꽤 괜찮은 성과를 올리고 있었다. 회식을 할 때마다 교장에 질린 선생들 모두가 성주에게 박수를 보내는 이유였다.

그러나 그때만큼은, 성주도 뭐라고 말할 수 없었다.

"저기. 여, 봐. 고성주 씨."

교장은 미송 초에 온 이후 성주에게 '선생님'이란 말을 단 한 번도 붙이지 않았다.

"학부모…… 아니지, 학부모는 아닌데. 어쨌든 보호자랑 있지, 밖에서 개인적으로 만나는 건 무슨 경우이지?”

같이 시장에 다녀온 날로부터 이틀이 지난 월요일의 일이었다.

“고성주 씨가 지금껏 나한테 참 많이 태클을 걸고 따박따박 따져왔던 것 같은데. 그런데 고성주 씨, 남자 보호자랑 밖에서 따로 만나는 것도 미송면의 전통인가? 그래? 또 내가 외지인이라 모르는 건가요? 미송면에서는 원래 다들 이렇게 밖에서 보호자 따로 만나고 그러나?”

성주의 원칙이 무너진 부분을 교장은 정확히 짚어냈다.

“학부모들이 알면 뭐라고 생각할까? 게다가, 보니까 얘가 학기초에 사고도 쳤네? 그런데 벌도 안 받았네. 이거 아무리 봐도 그 보호자랑 뭔가 있어서 그런 것 아닙니까? 예? 고성주 씨, 정신 안 차려?”

그러고는 그렇게까지 말했다.

“이거, 이 집안도 아주 콩가루네. 아버지는 어디 가고 삼촌이 애를 키워? 하긴, 콩가루라 이건 해도 되고 저건 안 되고, 하는 윤리 의식이 별로 없을 겁니다? 딱 보면 그렇지?”

성주는 도연에게 아무것도 이야기하지 않고 싶었다. 물론 도연이 그 말을 듣곤 얼마나 미안해할지 알았기 때문이기도 하지만, 더 큰 이유는 따로 있었다.

도연에게 그 이야길 하는 순간, 교장이 자신에게 씌운 삐딱한 틀이 진짜가 될 것 같았다. 열댓 명의 아이를 돌봐야 하는 무거운 짐을 지고 있으면서도 정신 못 차리고 이성인 학부형과 노닥거리는, 그 친분 때문에 눈이 멀어버린, 다른 애들은 제대로 챙기지 않는, '선생'이라 하기엔 모자라고 '유모' 정도의 호칭이 어울릴 사람. 교장의 말에 반박을 할 수 없는 게 성주에게는 너무나 아픈 경험이었다.

그래서 겨우 결정한 처사가 눈을 꼭 감고 모른 척하는 것이었다. 지금껏 함께 눈을 맞추고, 입을 오물거리고, 팔을 움직이고, 땀을 흘리고, 페달을 밟고, 작은 아이를 동시에 사랑해왔던 시간들을 억지로 끌어다가 하얗게 빈 냉장고 안에 처박아두는 일이었다. 차마 태우거나 버릴 순 없지만, 그 안에서 아주 천천히, 자각하지도 못한 사이 쉬고 부패하도록 만드는 일.

나는 원래도 남의 정성을 냉장고에 넣고 잊는 사람이었잖아.

성주는 생각했다.

나는 원래 그런 모진 사람이었어. 그러니까, 괜찮을 거야. 조금만 참으면 금방 나아질 거야. 옛날로 돌아갈 거야. 거리를 두면 돼. 그저 아주 잠깐 삐끗한 것뿐이야.

성주는 어스름한 새벽에 달리기를 하면서 조금 울었다. 그러면서 바람이 너무 거센 탓을 했다. 밤에 울고 자는 게 아니라 자고 일어난 새벽에 울면 좋은 점이 많았다. 다들 자는 시각이라 아무에게도 연락이 오지 않았고, 아무리 울어도 잘 일 없이 바로 세수하고 출근하니 눈도 붓지 않았다. 사람들은 시무룩한 성주에게 고성주 쌤 오늘 좀 차분하고 여성스럽네, 와 같은 반응을 했다. 여성스러운 게 뭔지 모르겠지만.

달린 후 집에 터덜터덜 돌아올 때쯤엔 아침해가 떠 있었다. 낭창낭창한 강아지풀이 해를 받아 빛나면 자꾸 그게 익숙한 누군가의 목 같다는 생각이 들었다. 가느다랗고 길고 하얀 솜털이 조금 나 있던 목. 강아지풀을 하나 뜯어 보드라운 머리 부분을 손바닥에 올려놓고 천천히 손바닥을 앞뒤로 흔들었다. 그러면 풀이 그 위에서 앞으로 갔다 뒤로 갔다를 반복하며 조금씩 성주의 몸을 향해 가까이 다가왔다. 상처받았지만 사람만 보면 어쨌든 좋아 어쩔 줄 모르는 강아지처럼 머뭇대면서도 거리를 좁혔다. 그렇게 성주는, 출근 준비를 더는 미룰 수 없는 시간까지 우두커니 손만 흔들며 서 있곤 했다.

할머니가 있으면 좋을 텐데.

이렇게 하는 게 맞느냐고 묻는다면 할머니는 뭐라고 대답할까.

그렇게 오래 함께 살았는데도 어림짐작조차 할 수가 없었
다.

내가 할머니를 덜 사랑해서 할머니의 반응을 상상할 수 없
는 것일까, 라고 성주는 생각하며 손바닥 위에 있는 강아지풀
을 버리지 못하고 집으로 가져왔다.

가져와서는 어찌할 바를 몰라 그저 책상 위에 하나둘 쌓아
둘 뿐이었다. 가벼운 강아지풀은 며칠 지나면 어디로 갔는지
슬그머니 자취를 감춰버렸다.

그러나 그렇게 힘들여 벌려놓은 거리를 서럽게 우는 애린
이 도로아미타불로 만들어버렸다.

21

　결국 애린을 달래지 못해 등에 업었다. 인봉은 어차피 마감 삼십 분 남았으니 아무도 오지 않을 거라며 일찍 셔터를 내리고는, 성주와 도연의 쌍둥이 자전거를 제 SUV 트렁크에 싣고 도연의 집까지 달렸다. 가로등도 없는 길을 잘만 갔다. 모두 입을 꾹 다문 채였는데 몸만 도로의 요철에 따라 위아래로 털털 움직였다.

　애린은 우느라 진이 빠졌는지 성주가 세수를 시키는 내내 꾸벅꾸벅 졸았다. 커다란 침대에 눕혀 재우는 데 성공한 뒤 셋 모두가 짠 것처럼 푸후, 하고 한숨을 내쉬었다. 힘든 하루였다. 모두에게 그랬다.

　"근데 도연 회원님 되게 요리 잘하시나봐요."

거실에 널브러져 숨을 고르던 인봉이 말하고는 덧붙였다.

"냄비랑 팬이랑 칼 보면 딱 알지. 아니, 왜 이런 얘긴 안 했어요? 내가 요리를 얼마나 좋아하는데. 지척에 동지가 있었네. 고성주 쟤는 진짜 지옥에서 온 똥손인데."

"저랑 관장님이랑 그런 대화를 나눌 기회가 없었던 것 같아요……"

"아 그렇지, 음. 우리가 똥손 고성주를 가운데 둔 바람에 서로의 인연을 몰라봤나봐요, 그쵸?"

인봉은 '우락부락하지만 실은 가정적이고 섬세한 나'의 이미지에 빠져 사는 사람이었다. 인봉을 너무 오래 본 탓에 성주는 그 명백한 특징을 완전히 까먹고 있었는데, 인봉은 도연이 꾸민 집과 부엌을 보곤 아주 제대로 자극받은 모양이었다. 둘은 한동안 성주의 존재를 잊었나 싶을 정도로 열띠게 법랑냄비에 대한 토론을 벌였다.

내가 굳이 여기 없어도 되지 않을까.

성주는 멀뚱멀뚱 두 사람의 얼굴을 바라보았다. 저 두 사람은 나를 왜 집에 가라고 하지 않는 것일까. 내가 있어서 불편하지 않나. 특히……

말하다 말고 재채기가 나오려는지 서둘러 얼굴을 오른쪽으

로 돌리고 소매로 입을 막다가, 성주와 눈이 마주치고는 후다
닥 반대편 방향으로 다시 얼굴을 돌리는 도연을 보며 성주는
허, 하고 속으로 탄식을 내뱉은 후 생각했다.

특히 저토록 불편한 티를 숨기지 못하는 박도연 씨, 저 삼
촌님 말이야. 삼촌님, 왜 나더러 얼른 집에 가라고 말하지 않
는 거예요.

가운데 낀 이가 고성주가 아니었다면, 성주보다 한 뼘만큼
이라도 더 사람 간의 관계에 노련했던 사람이었다면 충분히
그 이유를 알 수 있었을 것이다. 두 사람이 굳이 함께 앉아서
헛소리를 늘어놓고 있는 이유가 고성주 아니면 무엇이란 말
인가.

도연은 성주와 시시콜콜 떠들던 그때가 얼마나 좋았는지를
기억해서 자꾸만 돌아가고 싶었다.

인봉은 모두가 이렇게 그냥 헤어져버리면 안 된다고 생각
했다. 떨어질락 말락 덜렁거리는 이음매는 어떻게든 빨리 손
을 봐야지, 안 그러면 어느 순간 떨어진 한쪽이 다시는 찾을
수 없는 곳으로 사라질 터였다. 한번 잃어버린 것은 아주 가
까이 있어도 희한하게 눈에 띄지 않았다. 사람도 마찬가지였
다. 게다가 눈치가 없는 것도 아니고, 도연이 얼마나 힘들어
하며 이전의 관계로 돌아가고 싶어하는지를 도저히 모를 수

가 없었다. 회원님들 사이가 나빠서 좋을 게 뭐가 있나. 인봉은 생각하며, 아무래도 성주보다 자신이 더 선생님 같다고 혀를 찼다. 그런데 어떻게 입 꾹 다물고 있는 성주를 끌어들여야 할까. 그 방법이 잘 가늠되지 않았다.

가만히 참으며 듣고 있던 성주가 마침내 주섬주섬 가방을 챙기려는 기색을 보이자 인봉이 후다닥 다급하게 성주의 이름을 꺼냈다.

"우리 선수님 고성주…… 제가 있잖아요, 얘랑 한창 시합 다닐 때, 얼마나 잘해서 먹였는지 압니까? 우리가 시합 가면 보통 대관료 때문에 싼 곳으로 다닐 수밖에 없거든요. 모텔은 후졌고 편의점이든 음식점이든 눈 씻고 찾아봐도 없어요. 딱 미숫면 같은 곳들. 그런 곳들 가면 어떡해요, 제가 해 먹여야지. 집에서 바리바리 밑반찬이며 재료 싸 가고 모텔 주인장한테 부탁해서 그 주인장 쓰는 부엌 얻어 쓰고, 그렇게 해서 먹였다 이겁니다. 이런 관장이 세상에 어디 있나."

"모텔이요?"

"그렇죠, 뭐. 숙소 같은 게 어디 따로 있겠습니까. 열악하죠. 수분까지 쭉쭉 짜내서 전날 체중 달고 당일까지 몸 불려야 하니까 둘이 그 낡은 모텔방에 앉아서 겁나 먹는 거죠. 아, 잠은 당연히 따로 자고."

뭐 그렇게 쓸데없는 얘길 해요. 성주가 옆에서 살짝 핀잔을 줬다. 그러나 한번 터진 인봉의 입은 누구도 막을 수 없단 걸 성주는 잘 알았다.

"그런 데 다니면 주인장들이 항상 오해를 하죠. 아니, 저건 연인도 아니고 가족도 아닌 것 같은 게 대체 무슨 관계인가. 짓궂은 인간들도 많고요. 농담에 악의가 섞이는 일들도 종종 있죠. 우리 성주가……" 인봉은 난데없이 목까지 메는 모양이었다. "우리 성주가 그렇게 운동을 해왔습니다, 회원님. 다 버티고 해왔어요. 그만큼이나 좋아했던 거죠. 아마 오늘 성주가 좀 까칠하게 군 것도 그 이유에서일 거예요. 너무 좋아해서. 복싱도 좋아하고, 애린이도 좋아하고. 원래 좋아하는 게 생기면 사람이 좀, 회까닥 돌지 않습니까."

알죠. 도연이 고개를 주억거렸다. 그러고 보니 지금껏 '회까닥 돌았던' 건 자신이었다. 집에 불러들이고, 체육관에 등록하고, 같이 시장을 다니고, 별의별 이야기를 다 했다. 돌이켜보니 누구에게도 그토록 대책 없이 자신을 드러낸 적이 없는 것 같았다. 성주가 티 나게 자신을 피하기 시작한 후에야 비로소 합리화를 시도했다. 아마 너무 외로워서 또래가 필요했던 모양이라고. 그래서 상대가 부담스러워할 지경까지 들이댔던 것 같다고. 애린이 좋아하는 선생님이란 핑계를 대서, 자기 욕심을 채우려 든 것 같다고. 바보같이.

좋아하는 게 생기면 회까닥 도는 게 참 비슷하기도 했다.

그런데 왜 나한텐 저리 냉정하게 구는가, 이유도 알려주지 않고.

속상하게.

화제는 다시 요리로 돌아갔다. 인봉은, 나이가 드니까 요리를 하는 게 온통 안주류가 되어요, 하긴 어느 호프집에서 먹는 것보다 내가 하는 게 맛있긴 합니다만, 이라고 한탄과 자기 자랑이 반반 섞인 말을 늘어놓았다. 도연이 궁금하다고 말하자 갑자기 벌떡 일어나더니 말했다. 거, 한번 보여드려요? 여기서? 〈냉장고를 부탁해〉처럼! 회원님 냉장고로 내가 싸악 맛있게……

"관장님, 민폐예요. 집에 안 가?"

성주가 옆에서 쿡 찌르자 인봉이 아아아, 하고 다시 바닥을 향해 허물어졌다. 성주는 인봉을 일으켜 세우는 시늉을 했다. 갑시다, 가요. 너무 오래 있었어.

그때 도연이 말했다.

"먹어보고 싶은데요."

엥? 인봉이 외쳤다. 잘 못 들었습니다?

"먹어보고 싶어요. 관장님 안주. 저는 관장님이랑 모텔에 갈

일도 없고, 그리고 내일 토요일이라 관장님도 쉬시잖아요."

　어찌 보면, 삐친 사람의 치기였다. 고성주 네가 하는 말엔
다 반대할 거야, 라는 마음가짐이 너무나 잘 드러나는. 인봉
만 몰랐다. 신이 나서는 냉장고를 탈탈 털고, 맘에 드는 식재
료가 나올 때마다 오오, 하고 소리를 지르고는 급기야 도연에
게 야채 써는 일까지 시켰다. "고성주 쟤는 칼질은커녕 조리
도 못하거든요. 그래도 일 인분은 해야 하니까 설거지 시킵시
다." 인봉의 말에 도연이 그래요, 하고 작게 대답했다.
　"관장님 저 집에 갈래요. 관장님 너무한 거 아니야? 이거 다
잉여 칼로리인데. 선수는 죽어라 식단 하는데 이렇게 무너뜨
리는 관장님이 어디 있어요."
　성주는 불편했다. 집에 가고 싶었다. 그러나 인봉의 대답에
눌러앉을 수밖에 없었다.
　"야, 성주야. 지금 이 시간 아니면 우리가 언제 진지하게 네
앞날에 대해 논의를 하겠니."

　"뭐야."

애린은 부어서 잘 떠지지 않는 눈으로 거실에서 드르렁드르렁 코를 골고 있는 두 남자를 노려보았다. 관장님은 왜 여기 있지? 삼촌은 왜 자기 방에서 안 자고 여기 있지? 부엌을 봤더니 손님방에 있던, 삼촌이 애지중지하던 담금주 병들이 몇 개나 비워진 채 늘어서 있었다. 그래도 싱크대를 보니 설거지는 깨끗하게 해놓았다. 게임을 하고 싶은데 게임기가 삼촌 방에 있었다. 삼촌이 거실에 있으니 몰래 후다닥 게임기를 가져올 수 있을 것 같았다. 방문을 살짝 열었는데, 방은 비어 있지 않았다. 애린은 그만 웃고 말았다. 토요일에도 돌봄 쌤을 볼 수 있어서 좋았다. 퍽 괜찮은 토요일 아침이었다.

22

 도연은 꿈을 꾸었다. 우르릉우르릉 소리를 내며 거대한 물줄기가 쏟아지는 폭포 밑에서 입을 헤벌리곤 구경을 하는 중이었다. 너무 거대해서 속이 다 울렁거렸다. 그 폭포는 심미의 고향에 있다던 곳이었다. 도연으로서는 한 번도 가본 적이 없었지만 심미가 어찌나 자랑을 했던지 마치 봤던 곳인 것처럼 생생하게 그려낼 수 있었다. 심미가 많이 아팠을 때 도연은 몇 번이고 그곳을 그림으로 그려 심미에게 보여주었다. 형수, 이렇게 생겼어요? 아니면 더 높아야 하나? 더 푸르러야 하나? 이런 나무가 여기 있으면 되는 거예요? 심미가 정신을 까무룩 놓지 않게끔 하기 위해서라도 그런 노력을 했다. 말을 시키지 않으면 금방이고 떠나버릴 것 같아서, 형수, 우리 여기 가야지, 가야지, 하고 계속해서 상기시켜주기 위해서. 애린은 그 폭포에 가본 적이 있지만 너무 어렸을 때라 기억을 하지 못한다고 했다.

절경이기도 하지만, 그 폭포 밑에서 사랑을 맹세한 커플은 죽을 때까지 헤어지지 않는다는 전설 때문에 더욱 유명하다고 심미는 말했다. 서로만을 바라볼 것을 맹세하는 커플들이 전국에서 몰려들어 장사진을 이룬다고. 심미와 도연의 형도 그 밑에서 자잘한 물보라를 맞으며 깔깔 웃었다고 했다. 아직 결혼을 하기 전에, 앞에 어떤 미래가 놓여 있는지 알기 전에. 그리고 거기서 기념품까지 사 왔다고 했다. 빛의 세기와 방향에 따라 다른 색을 내는, 커다란 물방울 모양의 문진이었다. 어차피 형수네 고향인데 굳이 기념품까지 살 필요가 있었어요? 도연이 묻자 심미는 대답했었다.

"눈이랑 손이 행복하면 더 좋아요."

그 문진이 도연의 주머니에 들어 있었다. 내가 언제 이걸 샀더라. 꿈속의 도연은 묵직한 주머니에 손을 넣어 매끄러운 표면을 어루만지며 생각했다. 그러고는 문진을 주머니에서 꺼내 들어보았다. 굉장히 무거웠다. 엄청나게.

어디선가 도연을 부르는 목소리가 들렸다. 폭포 소리가 너무 커서 무슨 말을 하는지 잘 들리지 않았지만, 누구의 목소리인지는 확실히 알았다. 도연은 픽 웃고 말았다. 꿈속에서도 그 목소리를 듣네, 나 참 우습네, 하고. 저 자신도 꿈속에 있으면서 그런 생각을 했다.

다시 목소리가 들렸다. 엄청난 물의 양 때문인지 땅이 가볍게 흔들렸다. 어디서 부르는 거지. 도연은 고개를 돌려 휘 주변을 바라보았다. 사방이 온통 물보라로 뿌예서, 숲이 너무 울창하고 열대지방에서 자라는 색색의 벌레며 나비들이 날아다녀서, 잘 보이지 않았다.

"삼촌님!"

그 목소리가 자신의 이름을 불러줬으면 좋겠다고 처음 생각했던 게 언제였더라.

"삼촌님!"

저기 어슴푸레하게 인영이 보였다. 폭포를 함께 보면 죽을 때까지 헤어지지 않는다고 했었나. 그런데 그건 이미 서로의 마음을 확인하고 맺어진 커플의 이야기인데. 커플이 아닌 사람들이 함께 폭포를 보면 무슨 일이 생기지? 그 이야긴 심미에게 들은 적이 없었다.

"삼촌님!"

그런데 왜 이렇게 숨이 막히는지 모를 일이었다. 공기가 너무 습한가……

"도연 씨!"

◇

"이게……"

"그냥 먹어요."

"이게 콩나물국이야, 청양고춧국이야?"

"아, 그냥 먹으라고요. 숙취 해소제다, 약이다, 생각하고."

셋은 고추씨가 둥둥 떠다니는 국에 밥을 말아 후룩후룩 마셨다. 애린은 옆에서 식빵에 버터를 발라 먹고서는 냉동실에서 또 뭔가를 꺼내 해동하는 중이었다.

도연은 조금 허탈했다. 계속 꿈 생각이 나서 정신이 없었다. 알고 보니 폭포 소리는 인봉의 코 고는 소리였고, 문진이 무거웠던 이유는 인봉이 도연의 손을 깔고 누워 있었기 때문이었으며, 땅이 흔들리거나 숨이 막혔던 건 삼촌을 깨우기 위해 갖은 노력을 했던 애린의 탓이었다. 도연 씨라 불렀던 건 성주일까. 그것도 확실치 않았다. 애린이 장난을 쳤을 수도 있고, 먼저 일어난 인봉이 외쳤던 것일 수도 있었다.

성주가 끓인 콩나물국을 빙자한 청양고춧국은 몹시 매웠다. 으음, 장을 비워 숙취를 해소하라는 깊은 뜻이 담겨 있구

나. 인봉이 중얼거렸다. 도연도 같은 마음이었다.

그래도 간은 맞았다.

"기억은 다 나세요?"

성주가 물었다.

술 깬 다음날 그걸 물어보는 건…… 아니잖아요. 반칙이잖아요. 도연은 절규했다. 속으로만. 그러나 인봉이 웃다가 밥풀을 흘리는 걸 보아하니, 표정에 티가 다 난 모양이었다.

◇

"내가 진짜 그 교장…… 진짜…… 그런 사람을 어떻게 교육자라 해애."

도연은 말의 뒤를 길게 늘였다. 그때 도연이 많이 취했다는 사실을 알았어야 했는데 성주와 인봉도 퍽 제정신인 것은 아니었기에 놓치고 말았다.

"우리 애린이가…… 애린이가 그런 사람 밑에서 배우면 안되는데에."

"4학년 될 때까지는 그 사람이 계속 있다고요."

"진짜……" 도연이 자기 머리카락을 마구 헝클었다. "진짜 선생님, 너무 죄송해서 어떡해요오. 나 때문에에."

분명 도연을 피해야만 한다고 여기고 지금껏 모른 척해왔는데, 왜 자초지종을 털어놓고 나니 마음이 편한 걸까. 성주는 이유를 알 수 없을 때마다 그저 잔을 털어 넣었다. 인봉이 옆에서 북 치는 고수처럼 장단을 맞췄다. 어허이! 그러게 그 양반이! 편견에 가득차서! 인간 같지 않은 말들만! 어허이!

인봉이 편을 들어준 것이 연료가 되었는지, 갑자기 도연이 벌떡 일어났다.

"내가 진짜…… 내가 진짜 혼내줘요오?"

그러더니 무게감도 없는 마른 몸을 살랑살랑 흔들며 주먹을 쥐는 것이었다.

"배운 거 써먹어…… 써먹어줘요……?"

성주가 새벽마다 애달프게 그려왔던 그 목을 이리저리 흔들며 선수들의 회피 동작을 흉내내는 것이었다.

미친다 진짜……

성주는 두 손에 얼굴을 묻었다. 저런 남자 회원들을 한 트럭이나 보아왔다. 아주 조금 배우고 나서는 입으로 쉭쉭 소리를 내며 고수 흉내를 내는 사람들. 운동량도 별로 안 되면서 거울 보고 폼만 잡는 사람들. 성주는 그런 회원들을 싫어했다. 어차피 그런 사람들은 길어야 석 달 다니고 운동을 그만두기 일쑤였다. 그런데 왜 도연이 팔랑대며 움직이는 건 꼴사

나워 보이지 않을까. 그만 우스워서 끅끅 웃고 말았다. 저도
남자라 이거지. 한주먹 거리도 안 되어 보이는데. 귀여워 죽
겠네……

그때 도연이 말했다.

"웃기죠. 운동도 못하는 약골 주제에."

그러고는 덧붙였다.

"저도요오, 제가 아무 구실도 못할 거라는 사실쯤은 알아
요."

이상도 하지.

그 말이 성주의 댐을 터뜨렸다.

사람 구실이나 할 수 있겠어? 괜한 짓 하는 거야.

성주는 어렸을 때 가장 많이 들었던 말을 똑똑히 기억했다.
부끄럼 많이 타고, 좋아하지 않는 손윗사람에게 싹싹하게 대
하는 방법을 못 배웠거나 혹은 배우고 싶지 않아했던 성주를
두고 동네 어른들이 얼마나 이러쿵저러쿵 떠들었는지. 일부
는 종옥의 뒤에서 떠들었고 일부는 종옥이 보는 데서도 아랑
곳하지 않고 입방아를 찧었는데, 공통점은 성주가 듣든 말든

상관하지 않는다는 데에 있었다. 성주를 데려올 때부터 아무 도움도 주지 않고 말만 많던 사람들은 성주의 일거수일투족을 꼬투리 잡았다. 아마 성주가 성인이 된 지 한참인 지금까지도 꼬투리 잡고 싶은 사람이 분명 있을 터였다.

애 하나 데려왔더니 영 공부도 꽝이고 뭐 잘하는 것도 없고…… 결국 동네도 못 벗어나고 여기서 튀기들 뒤치다꺼리나 하잖아? 죽을 때까지 호강 한 번이라도 누렸나 몰라. 짐만 됐지 평생.

그런 말들을 분명 늘어놓고 있을 터였다. 이젠 성주가 컸으니 아마 앞에선 차마 못 할 테지만. 분명 종옥의 장례식장에서도, 머릿고기를 대신하는 안줏거리가 종종 됐을 거라고 성주는 짐작하고 있었다.

'구실'이란 게 대체 뭔가.

태어난 대로 살면서 남에게 피해 안 끼치고, 남의 삶에 이유 없이 돌 던지지 않고, 자신이 좋아하는 일 하면서, 그렇게 살면 되는 거 아닌가. 종옥은 항상 그러면 된다고 말했다. 우리 성주가 하고 싶은 대로 하고 살면 돼, 하고. 그리고 성주가 아이들을 돌보는 일을 하겠다고 결정했을 땐 그런 말도 했다.

손녀라 확실히 피는 못 속이나봐, 나랑 똑같네.

그러나 사람들은 보편적인 성장 과정을 거치지 않았다는

이유로, 종옥과의 관계가 흔하지 않다는 이유만으로 성주를
'구실 못할' 사람으로 치부해버렸다.

성주가 '구실'을 한 것으로 인정받으려면 아마 판검사는 되
어야 했을 것이다. 동네 어르신들이 그렇게 환장하는 판검사,
의사 변호사.

도연은 옛날 종옥의 입장과 쏙 닮아 있을 테다. 어린 조카
여자애를 혼자 키우는 미혼의 삼촌이라. 얼마나 많은 뒷담화
의 주인공이 되어야 했을 것인가. 능청스럽고 가끔은 과감했
던 종옥과 달리 성주처럼 조용하고 발도 넓지 않아 보이는 도
연은 생각이 너무 많은 데 비해 털어놓아 해소할 곳은 적은
듯 보였다. 함부로 던지는 시선과 말이 짓누르는 무게는 끔찍
하게 커지는데, 그걸 던져버려야 하는데 누가 거기 맞을까봐
그러지도 못하니 결국엔 그 짐을 등에 그대로 진 채로, 내 몸
이 움직이지 않아 아무런 구실을 하지 못한다고, 나는 원래
이런 사람인가보다고, 그렇게 여기고선 자신의 탓이 아닌 일
에도 계속해서 스스로만 할퀴게 되는 것일 터였다.

23

여름방학에도 돌봄 교실은 계속 운영되었다. 여름방학에 훨씬 일이 많았다. 학교가 없으면 제대로 보호받으며 살지 못할 아이들이 꽤 많다는 사실을 모르는 어른들이 많을 테지만, 그래서 왜 내 세금을 저런 곳에 쓰냐며 역정을 내는 인간들이 존재하는 것일 테지만, 어쨌든 돌봄 교실은 계속해서 문을 열었다. 어른이 끼니를 제때 챙겨줄 여력이 없는 집에서 자라는 아이들을 먹이고, 간신히 배운 가나다라를 몇십 일의 공백 동안 완전히 까먹지 않도록 매번 그림책을 읽히고, 화장실에서 뒤처리를 하는 법을 배우지 못한 아이들을 씻기고, 사이렌 소리에 트라우마가 있는 아이를 안아 달래고, 여덟 살밖에 안 되었는데도 욕을 하고 남을 때리는 아이들이 어디서 무엇을 보고 배워 그렇게 행동하고 있을지를 계속해서 파헤치고, 보호가 필요할지를 결정했다. 선생도 아니면서 선생인 척하며 대우받길 원한다고 헐뜯기는 돌봄 교사 성주는 방학 내내 그런 일을 했다.

퇴근하고 나서는 여전히 애린과 체육관에 갔다. 애린은 이제 스파링 경험도 제법 많이 쌓았다. 성주가 왼손을 내어 톡톡 건드리면 막거나 피할 줄도 알았다. 인봉의 입가에 함박웃음이 가득했다. 저 인간이 꼬맹이를 두고 얼마나 큰 미래를 그리고 있을지, 성주는 안 봐도 비디오라고 생각했다.

도연도 스파링을 해봤다. 아마도, 셋이서 술에 떡이 되었던 금요일 밤으로부터 사흘 지난 월요일이었을 것이다. 인봉이 도연을 부르더니 냅다 뜨거운 물에 담가놓았던 마우스피스를 입에 넣어주었다. 앙, 하고 물어요. 그러더니 헤드기어를 씌우고는 성주를 불렀다.

"화해에는 주먹다짐만큼 좋은 게 없다."

"저희 화해, 했는데요……"

"뻥치지 마. 아직 서먹한 거 다 보여. 회원님, 마우스피스 뱉어요. 성형 다 됐을 거야."

도연이 마우스피스를 빼곤 물었다.

"관장님, 어떻게 여자를 때립니까……"

"회원님이 한 대라도 때릴 수 있을 것 같아요? 우리 선수님을? 그리고 솔직히, 체급도 비슷해. 성주가 더 많이 나갈걸? 잘됐네. 다시 껴요."

애린이 한동안 어찌나 열심히도 그날의 도연을 따라 했는지 나중에는 도연이 울 것 같은 표정으로 제발 그만하라고, 삼촌 못 살겠다고 싹싹 빌어야 할 정도였다. 도연은 몇 번 느린 주먹을 내고, 성주가 쉽게 피하자 금세 제풀에 지쳐버린 후, 조금 지나자 냅다 얻어맞기만 했다. 턱이 몇 번이나 들렸는지, 고개가 몇 번이나 돌아갔는지 몰랐다. 마지막 삼십 초 동안에는 아예 성주가 날 때리쇼, 하고 가드를 올린 채 몸을 붙여주었는데 그마저도 제대로 받아먹지 못했다.

"아니 무슨, 노크합니까?" 인봉이 옆에서 신나게 놀려댔다. "화장실 문 두드리냐고."

제가 애린이한테 큰 잘못을 한 게 맞는군요. 겨우 한 라운드를 마치고선 바닥에 누워서 도연이 말했다. 애린이가 체력이 엄청난 게 맞네요. 제가 잘못했네요. 제가 죄인이고 나쁜 사람이네.

"알면 됐어요."

그렇게 애린의 오열 사건은 마무리되었는데, 왜 애린이 그렇게까지 심하게 울어야 했는지는 누구도 정확히 알지 못했다.

◇

    도연은 새 만화를 그리기 시작했다. 작은 시골 학교를 배경으로 하는 호러였다. 상처받은 영이 가득한 학교의 조용했던 뇌관에 새로 부임한 교장이 불을 붙이는 호러. 악한 교장과 묵인하는 선생들로부터 핍박받는 아이들을 지켜보던 영들이 서서히 분노하여 학교의 탈을 쓴 수용소와 같은 공간을 뒤집어엎기 시작하는 호러. 그리고 분개해 날뛰는 영들에게 행여나 피해를 받지 않도록 아이들을 지켜주는 돌봄 교사 캐릭터 I가 매 사건의 중심에 있었다.

    "이거 너무…… 너무 민망한데요."

    성주는 '전문가 자문'을 위해 자주 도연의 작업실을 찾았는데 I가 정의로운 모습을 보일 때마다 멋쩍어했다. 그러면 도연은 대답했다. 가상이잖아요, 가상. 이렇게라도 우리 마음 풀어야지 어떻게 해요. 쌤, 근데 이 컷 잠깐 봐줘요. 나이스 화면 들어가서 학생 정보 누르면 이렇게 나오는 거 맞아요……?

    그러고는 속으로 몇 번이나 인봉에게 감사하다는 말을 하는 것이었다.

◇

"왜 그 사람을 신경써?"

교장의 이야길 듣고 도연이 팔랑대며 무게감도 없는 주먹을 흔들다 구실 운운하는 이야길 하고, 둑이 무너지듯 성주가 훌쩍대기 시작했을 때 인봉이 답답하다는 표정으로 소리를 쳤다.

"고성주 너, 그 사람이 하는 말 좋아해?"

"무슨…… 무슨 흐……헛소리예요."

"너 그 사람이 하는 행동 다 옳다고 생각해?"

"옳은…… 흐……행동 하나도…… 하나도 없는데요."

"그런데 왜 신경을 써? 상사라서? 교장이라서? 나이 많아서? 야 인마, 걸러 들을 건 걸러 들어야지 왜 그거 하나 가지고 찰떡같이 맞는 친구를 끊어버리는 거냐 이거야."

인봉은 귀를 후볐다.

"내가 너를 하루이틀 봤냐? 네가 또래를 이렇게 자연스럽게 사귀는 걸, 어? 내 꿈에도 꿔본 적이 없어 인마. 이게 쉽게 오는 인연인 것 같아? 내가 진짜…… 답답해서 원."

그러더니 소리를 쳤다.

"야! 교장이 지랄하면 그냥 관둬, 인마! 관두고 우리 체육관

와서 코치 해! 내가, 어? 수입 딱 반땡 해서 나눠줄 테니까! 참 더러워서 진짜."

어른이 되어서도 가끔은 아이처럼 그런 말이 필요했다.

너의 든든한 아군이 되어주겠다는 말. 내가 책임져줄 테니까, 네가 만약 아니라고 생각하는 것이 있으면, 부당하다고 여겨지는 상황에 놓이면, 받아서는 안 되는 상처를 받는 경험을 하게 되면, 참거나 애써 수긍하려 들며 스스로를 진창에 처박지 말고, 그냥 뻥 차버리라고. 뭔가 잘못되어도 내가 있으니까, 보험이 되어줄 테니까 일단 그렇게 해보라고.

코치를 시켜주겠다니. 말도 안 되는 이야기란 사실을 성주도 잘 알았다. 항만군의 인구는 빠르게 줄어가고, 복싱 같은 건 생각도 안 할 정도로 평균 연령은 높아져갔으며, 인봉 혼자서 간신히 빚지지 않고 입에 풀칠하고 살 정도밖에는 수입이 나오지 않는다는 걸 모르는 바가 아니었다. 그 수입을 쪼개서 성주의 선수 활동 매니지먼트를 해왔다는 것도. 그래도 그냥, 그런 말을 주저하지 않고 해주는 장면, 그 단호한 목소리와 표정만으로도 성주는 다 괜찮아지는 기분이었다. 시원한 단비로 해갈이 되는 느낌.

방학을 맞아 성주와 도연은 더더욱 교장의 눈치 볼 것 없이 자주 어울렸다. 교장은 재택 연수 상신하곤 골프 치러 다니느라 바빴으니 성주와 도연이 얼마나 자주 시장에서 장을 보고, 얼마나 오래 바구니 달린 싸구려 자전거를 같이 타고, 얼마나 끔찍한 호러 웹툰을 서로 키득대며 만들어내는지 알 리 없었다.

◇

　"아가."

　종옥은 땀에 젖어 이마에 찰싹 달라붙은 애린의 앞머리를 정리해주려다 아차, 닿지 못하지, 하고 뻗었던 손을 다시 거두는 일이 잦았다. 저와 말이 통하는 아이가 앞에 있으니 자꾸만 자신이 죽은 자라는 사실을 잊게 되었다. 그러면 애린이 씩씩하게 말했다. 괜찮아요. 저는 엄마 닮아서 더위에 강하거든요.

　애린의 입에서 '엄마'란 단어가 나올 때마다 펑펑 울던 아이의 얼굴이 생각나 미안해졌지만 애린은 이제 괜찮아 보였다. 혹은 괜찮은 척을 하고 있거나.

　"오늘 저녁 우리집에서 같이 먹기로 했어요. 삼촌이 뭐 넣어서 특이한 빵 만들었대요. 쌤도 좋아할 거래요."

"오늘도 같이 뛰는 거냐?"

"네. 저녁 먹고 쌤이랑 책 읽은 다음 해 떨어지고 좀 시원해지면."

"차 조심하고. 몸 안 다치게 앞이랑 발밑이랑, 잘 보면서 뛰고."

"삼촌한테 맞춰 뛰니까 절대 위험할 일 없어요. 느려터져서. 삼촌이랑 같이 뛰면요, 뛰면서도 막 수다떨 수 있어요. 삼촌만 힘들고 저랑 쌤은 아무렇지도 않아요."

"어찌 아가는 그렇게 타고났어, 아주 그냥 날쌔고 튼튼하게."

그러면 애린은 말했다.

"엄마 아빠랑 같이 엄마네 나라 놀러갔을 때요, 폭포가 있는데, 거기서 수영을 했거든요. 그래서 그렇대요. 신기한 폭포래요. 아빠가 그랬어요."

"그래? 신기한 폭포가 있어?"

"네. 그리고 또, 삼촌이 맛있는 거 많이 해주고 잘 놀아줘서 그렇다고 삼촌 말 잘 들으래요."

"폭포는 못 봤지만 그건 맞는 것 같다."

종옥이 고개를 끄덕이면, 애린은 잠깐 숨을 골랐다가, 가끔 불쑥 물을 때가 있었다. 이젠 물으면서 울지 않았지만 그래도 종옥의 가슴이 아주 조금씩 가라앉는 순간이었다.

"할머니. 우리 엄마는 아직도 거기 있대요?"

24

특정한 어른 누군가가 세계의 전부였던 아이에게, 그 어른은 여러 사람을 향한 여러 모양의 사랑을 지녔을 수도 있단 사실을 어떻게 적합한 방법으로 설명할 수 있을까. 학교에 들어가기 전 이 작고 한산한 고장에서 태어나 붙박여 자란 여덟 살짜리 아이의 세계는 온통 엄마와 삼촌뿐이었을 것이다. 그중 하나가 아이의 곁을 떠났으니 당연히 세계의 절반이 상실되었고, 아이가 믿을 것뿐이라고는 누구에게도 차마 말할 수 없던, '이상한 애'로 보일까 숨겨야 했던 제 능력이었을 터이다.

애린에게서 심미의 행방을 알려달라는 부탁을 들었던 봄날, 그 주 주말에 정 사자는 멀리멀리 바다를 건너 다녀왔다. 뭐는 못한다고 하더니 바다 건너는 것쯤은 아무렇게나 할 줄 아는 게 좀 어이가 없었지만, 이 세계가 작동하는 방식도 다 이해 못하고 죽었는데 저 세계에 딴죽을 거는 것도 도리가 아닌지라 종옥은 그저, 한때 스쳐갈 뿐인 자신을 위해 하지 않아도 될 노력을 기울여준 그를 향해 고개를 꾸벅 숙일 뿐이었다. 정 사자는 제게 애정 섞인 핀잔을 주거나 호통을 치지 않는 종옥의 모습에 퍽 어색해하며 손사래를 쳤지만.

"고향에 갔어요."

심미는 종옥처럼 땅에 머물렀다. 그러나 동시에 두 곳에 있을 수는 없었으므로 한쪽을 선택했다.

"남편 옆에 있어요. 문진 같은 것에 들어가 있던데."

"문진?"

"폭포가 그려져 있는 걸 보니 기념품 같아요. 밑엔 뭐라고 쓰여 있는데 잘 안 보였어요. 낡아서."

정 사자는 심미와 이야기도 나누었다고 했다. 두 사람이 어떻게 만났는지, 어떤 연애를 했는지, 언제 대판 싸웠고 누구 덕에 화해했는지, 그리고 애린을 낳을 때 얼마나 힘들었는지, 아플 때 남편이 얼마나 보고 싶었는지, 그러나 그가 왜 바로 달려오지 못했는지……

"쿠데타가 나서 몇 달간 도시 경계가 거의 봉쇄되었다나봐요. 수도에 머물거나 좀 재력이 있는 한국인들은 대사관 도움

받고 금방 대피했는데, 남편이 일하는 곳, 그러니까 심미 씨 고향은 거의 항만군만큼 작고 수도로부터는 먼 곳이라 가지도 못하고 그냥 혼자 고립되어서 지냈다나봐요. 심미 씨 눈감고 나서야 풀렸다고. 그땐 이미 장례식도 끝난 뒤였다고."

아이는 아마 몇 살을 더 먹어서야 알아듣게 될 어른의 사정이었다.

"딸도 보고 싶지만, 걱정을 하지 않기 때문에 남편을 보러 갔대요."

정 사자는 그렇게도 말했다.

"그 삼촌이란 사람 덕분에요. 딸을 행복한 아이로 키워줄 사람이래요. 뭐 씩씩한 척 말은 했지만 좀 울긴 했어요. 당연히 보고 싶지, 안 보고 싶겠어요? 그래도 믿을 구석이 있으니 참 다행이에요. 망자로부터, 심지어 가족이라 해도 피 한 방울도 안 섞인 사이인데 그런 신뢰를 얻는 거, 영 쉽지 않은 일이잖아요?"

피 터지게 싸우지나 않으면 다행이지. 종옥은 시골 동네에 살면서 숱하게 목격하고 또 없던 일인 척해야 했던 혈육끼리의 슬프고 지저분한 장면들을 떠올리곤 고개를 끄덕였다.

엄마가 아빠를 따라갔다고 애린에게 처음 이야기했던 날

이 바로 첫 스파링 날이었다. 장난스레 턱을 괸 아이의 표정이 점점 굳어지다가, 구겨진 우유팩과 같이 볼이 일그러지고, 쭉 뜯어 삼킨 절편의 남은 부분처럼 입꼬리가 길게 늘어지다가, 결국 비 내리듯 눈물을 쏟아냈던 그날. 야속해서 견딜 수 없고, 왠지 버려졌다는 느낌이 들어 가슴이 조여들고, 전전긍긍해하면서도 어딘가 착오가 있겠지, 언젠가는 볼 수 있겠지, 라고 애써 믿던 희망들이 무너졌을 순간. 종옥은 서럽게 우는 아이를 두고 어쩔 줄을 몰라 했다. 정 사자까지 끼어들어 달래려 했으나 소용이 없었다.

그 옛날 꾹꾹 참다 처음 눈물을 터뜨렸던 성주의 얼굴이 자꾸만 애린에게 겹쳐 보여서 종옥은 숨을 몰아쉬었다. 머릿속이 하얗게 변했다. 그때 그 애 옆에 아무도 없었다면, 종옥이 없었다면, 성주는 한 번이라도 울 수 있었을까. 어쩌면 이 세상의 원리를 조금씩 알아가는 아이들에게, 마음놓고 흘리는 눈물은 그걸 닦아줄 사람이 있을 때에만 가능한 것인지도 몰랐다. 바닥에 넘어진 아이가 누구의 눈빛도 받지 않으면 울지 않는 것처럼. 성주에겐 종옥이 최초로 눈물을 닦아주는 손가락의 주인이었다. 애린에게도 그런 이들이 있었고 그중 하나가 성주였다.

종옥의 열 손가락이 볼을 훔쳐주던 모양새 그대로 이제 성주가 애린의 얼굴을 닦아줄 것이었다.

"응. 아직도 거기 있대. 아빠랑 같이 있대."

그러자 애린은 뜻밖의 대답을 했다.

"그래도 우리 엄마랑 아빠가 서로 좋아해서 다행이에요."

"그럼, 좋아하지. 좋아하니까 결혼했지."

"아니, 안 그런 애들도 많아요, 우리 반에."

종옥은 눈을 껌벅였다.

"그렇게 좋아하는……"

애린은 말했다.

"그렇게 좋아하는 사람이 많으면 좋은 거잖아요. 엄마는 아
빠도 좋아하고 나도 좋아하고 삼촌도 좋아하니까, 그러니까,
엄마도 진짜 좋았어."

◇

아이의 작았던 세계에 낯선 사람들이 생겨난다.

땅에서 솟아나고, 하늘에서 떨어지고, 강을 헤엄쳐 흠뻑 젖

은 채로 기어오르기도 하고, 또 어딘가에서 발을 구르며 전속력으로 달려오기도 한다.

작았던 아이를 그 사람들이 키운다. 아이는 점차 이 사람과 저 사람을, 그 사람과 또다른 사람들을 동시에 마음에 심어 사랑할 수 있다는 사실을 알게 된다. 누구도 가르쳐주지 않았지만 태생에서부터 내재된 본능의 씨앗이 발아하여 알게 된다. 소중히 여기는 사람이 많아질수록 더 많은 씨앗을 심고, 더 많은 꽃을 피우고, 벌과 나비를 불러오고, 꿀을 슬그머니 맛볼 수 있다는 것도 조금 더 크면 알게 될 것이다.

봄의 애린은 알지 못했으나 계절이 더 지난 지금 애린이 알게 된 것이 아마 그런 이치일 터라고 종옥은 생각했다.

그리고 또 생각한다.

자신의 화원이 별것 없이 얼마나 황량했는지 잘 모르던 사람이 참 많을 거라고. 사랑을 두 눈으로 본 적이 없어서, 몸을 향해 밀려드는 따스한 애정의 감각을 경험해본 적이 없어서, 내내 생존을 위해 싸우듯이 세상을 버텨야만 하는 어린 시절을 보냈던 자신의 토양이 얼마나 영양가 없이 버석하기만 했는지.

굳이 거기까지 와서 뿌리를 내리려 안간힘을 쓰던 사람들이 간혹 있었다. 그들은 어린 종옥의 싹이 살아남았든 말라 죽었든 간에 아주 조금씩 땅을 비옥하게 만들어주었다. 그랬기에 성주라는 거대한 꽃 덤불이 슬쩍 비집고 들어올 수 있었다는 사실을, 사람들은 잘 모를 거라고 종옥은 생각했다. 사람들은 그저, 이종옥 씨 대단해, 피도 안 섞인 아이를, 하고 말할 뿐이었지만 그건 종옥 혼자 한 일이 전혀 아니었다.

"그렇지. 세상에는 좋아하는 사람이 없는 사람도 많고, 좋아하고 싶은데 찾지 못한 사람도 많은데. 애린이네 엄마는 좋겠다."

종옥은 고개를 슬쩍 돌려 사무실 밖을 바라보았다. 바들바들 떨며 팔굽혀펴기를 하는 도연 옆에 성주가 쭈그리고 앉아 팔짱을 낀 채 횟수를 세어주고 있었다. 도연이 가슴을 제대로 바닥에 붙이지 못하자 인봉이 도연의 등을 깔고 앉는 시늉을 했다.

"애린이도. 애린이 좋아해주는 어른들이 많아서."

"전 다 좋아요."

"그래. 다 좋은 어른들이야. 짝사랑이 아니라 다행이네."

눈치 안 보는 아이의 입에서 어떤 대답이 나올지 왠지 종옥은 알 것 같다고 생각했다. 이건 하나의 삶을 처음부터 끝까지 산 사람만이 가질 수 있는 연륜이었다.

"짝사랑은 우리 삼촌이 하는 건데."

다만 몇 달 전처럼 걱정은 되지 않았다.

25

항만군에 어김없이 장마가 찾아왔다.

"진짜 관장님 미친 거 아니에요?"

"해보면 그 시원함을 알게 되십니다. 선수님. 게다가 오늘 비 온다는 핑계로 아침 로드윅 안 뛰시지 않았습니까?"

"관장님은 안 하면서 왜 우리한테만 시켜요?"

"왜, 그럼 프레디 로치 보고 파퀴아오 대신 시합 뛰라고 하지 그래요?"

이제 도연은 그게 누구예요? 같은 질문을 성주에게 하지 않았다. 적어도 여덟 체급을 아우르는 챔피언 매니 파퀴아오와 코치인 프레디 로치 정도는 알았다.

"애린이는 비 맞으면 감기 드니까 관장님이랑 같이 미트만

치고 맛있는 거 먹자."

저 가증스러운 웃음…… 성주는 몸을 홱 돌려 도연을 잡아챘다. "가요. 그냥 빨리 뛰고 옵시다. 비 더 많이 오기 전에."

그러니까 이건, 인봉이 체육관 죽돌이들을 위한 티셔츠를 맞췄다며 하나씩 선물해준 직후였다. 옷을 입어보려 하는 성주와 도연을 막고 서서 인봉은 그냥 줄 수 없다고 억지를 부려댔다.

"여벌 티셔츠도 있겠다, 지금 나가서 우중 런 하면 딱 좋겠네!"

"아주 그냥 저 양반, 저러니까 좋은 일 하고도 좋은 소리를 못 듣지."

성주가 처마 아래 고인 비 웅덩이 옆에서 운동화 끈을 고쳐 매며 투덜대자 도연이 웃으며 물었다. "근데 선생님은 뛰는 거 좋아하시잖아요?"

"아 좋아하죠, 좋아하는데…… 꼭 누가 시키면 갑자기 하기 싫은 거 알잖아요, 애처럼."

"천천히 뛰든 빨리 뛰든 비 맞는 양은 똑같대요. 어디선가 봤어요. 그러니까 저랑 보조 좀 맞춰주세요."

가볍게 번갈아 움직이는 네 개의 신발 바닥에서 착, 착, 하는 소리가 났다. 흙 알갱이 섞인 물이 종아리에 튀었다. 코너를 돌아 벗어나면서 성주는 비가 들이치지 않는 곳에 나란히 세워진 자전거 두 대를 힐끔 쳐다보았다. 바구니 하나에 뭔가 들어가 있어서 도연을 툭 치며 가리켰더니 도연이 우와, 청개구리네요, 했다. "되게 작고 예쁘네. 귀엽다. 엄청 오랜만에 봐요."

물론 헉, 헉, 하는 소리가 절반이었지만.

그렇게 쉬지 않고 동네를 뛰었다. 이제 성주에게도 도연에게도 퍽 익숙한 루트였으나 아무도 없이 한적하게 비만 내리는 날 뛰는 건 또 처음이었다. 빗방울이 속눈썹을 타고 눈으로 들어갔다.

"지금 저 울고 있는 거 아니에요."

눈을 가늘게 뜨고 성주가 말하자 도연이 대답했다.

"저는 울고 싶어요, 힘들어서."

대답도 하고 웃기도 해야 하고 헉헉거리며 가쁘게 호흡도 찾아 쉬어야 하니 여간 바쁜 게 아니었다.

성주는 자주 뛰는 코스 중 가장 짧은 곳을 택했다. 악력 빼고는 보잘것없는 수수깡에 대한 배려였다. 체육관에서 시작해 점점 건물이 드물어지고 자동차도 거의 다니지 않아 한산해지는 낡은 도로를 따라 죽 달리면, 구판장 하나가 나왔다.

어린 시절 종옥이 그곳에서 아이스크림을 많이 사주곤 했는데, 지금은 자물쇠가 달린 채 잠겨 있었다. 용돈도 안 될 만큼을 벌면서도 구판장을 지키던 할머니가 치매를 앓기 시작하면서 그 누런 단층짜리 건물은 버려졌다. 그로부터 벌써 이십년 가까운 세월이 흘렀다. 어디든 어른 눈에 안 띌 곳을 귀신같이 찾아다니는 항만군의 몇 안 되는 청소년들도 이 구판장만은 건들지 않았는데, 두 가지 이유가 있었다. 표면적인 이유는 평범했다. '사유재산이니 무단 출입시 고소 진행'이라고 적힌 팻말이 자물쇠 옆에 걸려 있기 때문이었다. 그러나 주된 이유는 의외로 비범했다. 구판장에서 귀신이 나온다는 소문이 돌았다. 실제로 비가 오는 날 가끔 이 구판장에 전등이 켜진다고 했다. 밖에서 자물쇠로 문을 닫아걸었는데도, 안에서 노란 백열등이 점멸하곤 한다고. 성주는 소문의 진위가 궁금했지만 실제로 본 적은 없었다.

"비 오는 날에 여기까지 뛴 건 처음인데."

구판장에 다다라 성주가 멈춰 섰다. 아무래도 도연의 호흡이 너무 거칠었기 때문에 조금 숨을 돌리게 해줄 필요가 있었다. 구판장의 소문을 둘 다 모르는 바는 아니었기에 똑바로 쳐다보질 못하고 힐끔힐끔 자물쇠로 막힌 불투명한 유리문 안을 곁눈질했다. 아직 불은 켜지지 않았다.

정신없이 뛰던 중에는 알아채지 못했는데, 출발할 때까지만 해도 잦아드는 듯하던 빗줄기는 이제 제법 어엿한 폭우로 바뀌어 있었다. 조금만 잠잠해지면 다시 뛰어요, 삼촌님. 성주가 말하며 비를 피하기 위해 구판장의 처마 밑으로 들어갔다. 도연이 뒤를 따랐다.

함석으로 된 처마는 그러나 세월 때문에 구멍이 숭숭 뚫려 있었고, 폭도 너무 좁았다. 비가 새서 머리 꼭대기에 떨어졌고, 아래로 들이쳐서는 종아리를 흠뻑 적셨다.

구판장 앞에는 구판장보다 더 오래되어 보이는 공중전화 부스 하나가 덩그러니 있었다. 아마 지난 세기의 매너리즘에 빠진 누군가 철거하는 걸 잊지 않았나, 싶을 정도로 세월의 흔적이 역력한 부스였다. 전화기는 용케 누가 뜯어가지 않고 남아 있었지만 아무리 봐도 작동이 될 거라고 믿기 힘들 만큼 남루한 모양새였다.

도연은 숨이 넘어갈 듯한 호흡을 일부러 과장해 뱉었다. 그 옆에서, 성주는 갑자기 호기심 많던 어린 시절이 생각나 혼자 손으로 입을 가리고 웃었다. 그러니까, 종옥 몰래 이런저런 로맨스 소설을 읽으며 비 오는 날의 공중전화 부스에 대한 꿈을 키우던 그 시절이 생각나서.

그 나이 땐 어떤 장면이든 상상하는 게 참 쉬웠다. 요컨대 성주는 사실 '연애를 하겠다'는 감정이나 목표 따위가 딱히 없었고 초중고 내내 익숙한 얼굴들만 숱하게 보아왔기에 누군가를 동네 친구가 아닌 이성으로 받아들이기도 힘들었지만, 그러나 뮤직비디오나 드라마 따위에서 비오는 날 공중전화 부스 안에 들어가 비를 피하는 두 연인의 모습에 대한 환상만은 강렬히 가지고 있었다. 종옥의 옆에 누워 눈을 감은 채로, 상대의 목에 두 팔을 걸고 눈을 감은 채 입술을 들이미는 자신의 모습을 그려보다가 할머니 옆에서 이런 생각을 하는 건 너무 불경스러운 게 아닌가 싶어 애써 상상을 갈무리하려 했다. 물론 종옥이라면 알았을 것이다. 제 옆에서 무서운 속도로 자라나고 있는 손녀가 무슨 꿍꿍이를 품고 있는지에 대해서. 종옥은 아쉬워했을까? 한탄했을까? 아니면 그 작던 아이가 세상 사람들이 이러쿵저러쿵 찧어대는 입방아를 견디며, 같은 피 안 섞인 이의 사랑을 먹고도 이토록 무럭무럭 컸다는 사실에 대해 경이로워했을까? 이제 답은 영영 알 수 없게 되었지만, 실은 문제도 내지 않은 거나 마찬가지였다. 그 상상을 한 번도 실현한 적이 없었으니. 대학에 들어가서 손에 꼽을 정도로 드문드문 연애를 해보긴 했지만 비가 오기 전에 지레 겁부터 먹고 우산을 챙기는 종류의 만남들이었다. 싱겁고, 특별할 게 없었다. 한 자리에 앉아도 할말이 딱히 없어서 농담만 주고받다가 밥을 먹고, 영화를 보고, 항만군으로 돌아가는 버스를 함께 기다려주려는 애인을 애써 먼저 들여보낸 후 혼자 정류장을 지키는 정도가 다였다. 아, 이런 게 드라마에 나오지 않는 진짜 연애구나. 별로 재미가 없네. 성주는 뜨뜻미지근하게 받아들였다. 그때쯤엔 상상하는 능력도 많이 죽었는데 그게 머리가 굵어져서인지, 아니면 스무 살이 되었다고 술을 홀짝홀짝 마시며 뇌세포를 혹사시켜서인지, 아니면 종옥의 정수리를 내려다볼 정도로 키가 훌쩍 자라서인지는 몰랐다.

"바람까지 부네요. 너무 추운데."

도연이 말했다.

"애린이 데려왔으면 진짜 큰일날 뻔했다. 그쵸."

"선생님, 애린이고 뭐고 간에 저희가 지금 죽게 생긴 거 같은데요."

"진짜 돌아가기만 해봐. 관장님 때린다, 진짜."

"언제 그칠까요, 이 비."

"모르죠. 애린이 엄청 기다리는 거 아닐까 몰라요, 잠깐 뛴다던 사람들이 안 오니. 전화라도 해야 하나. 삼촌님 핸드폰 가져오셨어요?"

"아니요. 뛰는 데 거추장스러워서……"

"저도 안 가져왔는데……"

그러고 둘은 동시에 공중전화 부스로 눈을 돌렸다. 당연히 작동될 가능성이 없어 보이는, 낡디낡은 에메랄드색 부스. 게다가 성주는 동전도 없었다.

"그, 저…… 저기 가서 공중전화 써볼까요."

도연이 말했다.

"동전이 있어요?"

"오늘 시장 열리는 날이잖아요. 비가 와서 다 접으셨겠지만. 시장 다니려면 필요하죠, 현금……"

도연이 바람막이 안주머니를 주섬주섬 뒤지더니 푹 젖은 지폐 묶음과 동전 몇 개를 꺼냈다.

"전화해서 비 조금 그치면 가겠다고 이야기할게요. 아, 근데 너무 춥다 진짜. 선생님 감기 걸리시면 어떡해요?"

도연이 묻더니 대답도 안 듣고는 처마를 벗어나 경중경중 뛰어 전화 부스에 들어갔다. 수화기를 들고 동전을 넣더니 얼굴에 함박웃음을 지으며 더러운 창 너머로 성주에게 동그라미 표시를 해 보였다. 그러고는 뭐라고 중얼거렸다.

"전화 돼요?"

성주가 소리쳤다. 빗소리가 점점 커져서 들릴까 했는데, 수화기를 내려놓은 도연이 "네!" 하고 외치는 대답이 돌아왔다.

그 목소리는 또 말했다.

"선생님! 여기로 들어와 계세요, 여기 따뜻해요!"

성주는 숨을 들이마시고, 날래게 뛰어서 전화 부스 안에 발을 들여놓다가 잠시 멈칫했다. 부스는 생각보다 지저분하진 않았지만 둘이 들어가 있기엔 좁아 보였다. 성주의 마음을 바로 알아챘는지 도연이 말했다.

"선생님 들어와 계세요. 저는 바람막이 입어서 괜찮으니까 저기 처마 밑에 있을게요."

나가려는 손목을 잡아채고 성주는 자기도 모르게 외쳤다. "어! 너무 세게 잡았죠, 미안해요!"

도연의 악력이 더 센 걸 잠깐 잊고 있었다.

구판장의 불빛이 계속해서 깜박였는데, 성주는 도연의 품 안에서 내내 눈을 감고 있는 바람에 그토록 보고 싶어했던 소문의 현장 바로 옆에 있으면서도 알아채지 못했다. 그래도 두 팔은 야무지게 목에 걸었다. 그 길고 우아한 버들가지 같은 목에.

26

"성주 쌤, 이거 봤어?"

돌봄 교실에 놀러온 5학년 1반 담임이 성주를 톡톡 치더니 작은 목소리로 소곤거렸다.

"이거 완전 우리 교장 같지 않아?"

"이게 뭔데요?"

"웹툰이야 웹툰. 아, 쌤 웹툰 같은 거 안 보나? 이거 지금 수요일 일위 하는 거거든? 근데 아무리 봐도 있지, 교장이 빌런인데 지금 우리 교장이랑 생긴 것도 비슷하고 성격도 똑같거든. 여기 한번 봐봐."

"헉, 진짜."

"그치! 아무래도 수상해, 게다가 배경도 뭔가 미묘하게 항만큼에 있는 학교 같단 말이야. 우리 학교는 아니고, 항만 중학교랑 비슷해. 자기도 거기 나와서 알잖아."

"그래요?"

"댓글들 봐. 이거 진짜 인물이 모델이라고 하면 난리 나겠지? 이렇게 안하무인이고 나쁜 인간이 있냐고?"

"글쎄요, 인터넷에 있는 사람들을 그렇게 믿지는 마세요. 그런데 이거 제목이 뭐예요?"

담임이 돌아가고 나서 성주는 핸드폰을 들어 빠르게 메시지를 남겼다. '일위 축하요!'

답장은 금방 왔다. '하트 한 번도 안 붙여주는 축하요?'

이런 문자를 받고 미소 지을 수 있을 거라고 상상할 수 있었을까, 봄의 고성주는.

도연이 속상해할까 걱정되어 툭 터놓고 이야기한 적은 없었으나, 성주는 아직까지도 조금씩 움찔거릴 때가 있었다. 맡은 아이의 보호자와 이런 식의 관계를 맺어도 되는 걸까. 사람이 하루아침에 변하는 일은 불가능하므로, 아직도 눈꺼풀 아래가 가끔씩은 따끔거렸다.

그러나 따지고 보면 원칙이란 얼마나 다양하고 또 얼마나 유연해야 하는 것일까. 성주가 지금껏 오해받고 상처받았던 모든 상황은 타인이 자신의 원칙을 성주에게 멋대로 갖다 대었기 때문에 발생한 것들은 아니었나. 피 안 섞인 사람들끼린 가족이 될 수 없다는 원칙. 여자라면 응당 이래야만 한다는 원칙. 타인과 둥글둥글 잘 지내며 살갑게 굴어야만 사람 구실을 하는 거라는 원칙. 임용 고사를 통과하지 않은 사람은 자신을 선생님이라 칭해선 안 된다는 원칙. 그 외에도 많은 원칙, 원칙들. 성주는 한 번도 제 원칙을 남에 대한 잣대로 쓴 적은 없지만, 자신만의 동굴에서 가끔씩 나와 도연과 해를 쬐며 산책을 하고 싶어하는 자신은 이전의 고성주와는 조금 다른 사람이라는 사실을 깨달았고, 현재의 고성주에게는 이전의 원칙을 들이대지 않기로 굳게 마음먹고 있었다.

무엇보다 옛 버전 고성주의 원칙대로라면 도연도 애린도 다시 삶에서 몰아내야만 하는데, 성주는 그러고 싶지 않았다. 도연과 애린이 자신을 소중하게 대해줘서이기도 했지만, 무엇보다도 성주 자신이 원했다.

웃는 일이 많고 싶었다.

"이젠 조금 근육이 붙은 것도 같고요? 어깨는 확실히 좀 넓어졌는데. 팔뚝도 전처럼 매끈매끈하지 않고."

정 사자의 말에 종옥이 투덜거렸다.

"자네는 시력이 차암 좋은가봐, 좋겠어. 나는 안 보여, 내 눈엔 여전히 멸치야."

"에이, 진짜. 나름 열심히 하는데 칭찬 좀 해주면 어디가 덧나요?"

"어차피 내 말은 알아먹지도 못할 텐데 뭐."

아주 그냥 둘이 좋아 죽네. 종옥이 눈을 부라리며 사무실 창 너머를 응시하다가 한숨을 쉬었다. 아니 좀 숨기지, 저 팔불출이, 하여간……

"결국엔 이종옥 씨 덕에 맺어진 거 아닙니까. 그놈의 탄수화물 섭취 때문에."

맞다. 가장 태초의 원인이 자신이었으니 그저 혀를 끌끌 차면서도 손녀의 연애질을 구경하며 행복을 바라는 것밖에는 방법이 없었다. 그래도 마음에 드는 게 몇 가지 있었는데, 물론 성주가 빵을 비롯해 정성 들여 만든 끼니를 더 잘 챙겨 먹게 된 것도 좋았고, 애린이 종옥의 앞에서 종옥은 잘 모르는 근황을 조잘조잘 이야기해주는 것도 좋았다. 성주는 무던한 성격 탓인지 종옥이 살아 있을 때에도 하루의 일을 시시콜콜 털어놓는 적은 없었는데 애린은 이제 그만 말하고 얼른 운동이나 하라고 말려야 할 정도로 숨기는 게 없었다.

애린은 2학기를 보내면서 키가 십 센티나 컸다. 키도 컸지만 팔이 정말 길어져서 성주가 긴팔원숭이라 놀리는 일이 잦았다. 인봉은 옆에서 좋아 죽는 표정을 지었다. "야, 리치도 타고났다, 타고났어. 그냥 팔만 뻗으면 다 탁탁 걸려 떨어지겠어." 그 탐욕스러운 얼굴을 보고 있노라면 종옥은, 성주가 인봉과 몇 년을 지지고 볶았으면서도 그렇고 그런 사이가 되지 않은 데에 그저 감사할 뿐이었다.

그래, 내 손녀의 남자라면 좀 멸치라 하더라도 저 삼촌 놈이 낫지.

성주와 도연은 10월의 어느 날쯤 인봉에게 연애하는 걸 들키고 말았다. 예의 그 놀이터 벤치에 앉아 손을 슬쩍 잡은 현장을 딱 포착당했다. 체육관에서 훤하게 내려다보이는 걸 뻔히 알았는데도, 성주는 막상 자기가 벤치에 앉고 싶어질 때가 되자 그 사실을 까맣게 잊었다. 결국 하늘에서 주르륵 떨어지는 생수 세례를 맞고 말았다.

"아주 그냥, 좋아서 눈에 뵈는 게 없구만."

인봉은 두 사람이 지쳐 나가떨어질 때까지 놀렸다. 그러나 애린 옆에서는 입을 꾹 다물었다. 애린이 둘 사이의 변화를 정확히 아는지는 아무도 몰랐다. 어린아이 앞에서 우리 둘이 연애한다, 라고 선언하긴 어른으로서 조금 창피했던 탓이었다.

그리고 그 모든 어른들의 서툰 연막이 너무 웃겼지만, 애린은 꾹 참고 모르는 척을 했다. 둘이서 얼마나 간교하게 자기를 속여 넘기려 드는지에 대해 종옥에게만 털어놓았다. 물론 애린은 '간교'란 단어는 아직 몰랐지만…… 개념만은 정확히 알았다. 그 커플은 순수한 척하면서 아주 간교했다. 얌전한 고양이 부뚜막에 먼저 올라간다더니 그 말이 딱 들어맞는 행각을 서슴없이 벌였다. 물론 그 속담도 애린은 몰랐지만……

겨울로 접어들 무렵에는 인봉이 성주와 애린을 불렀다.

"애린이 내년 2월에 생활체육대회 한번 나갈……"

말이 끝나기도 전에 애린은 펄쩍 뛰었다. "네! 할래요! 나갈래요! 와! 대회다!"

"아마 여자 초등학생은 없어서 남자애랑 하긴 해야 할 텐데."

"괜찮아요!"

그러더니, 이번엔 고개를 돌려 성주에게 쭈뼛쭈뼛 이야길 꺼냈다.

"그리고 성주야…… 그 대회에 자선 시범 경기가 필요하다는데. 작은 무대고 자선이라 대전료도 없어서 내가 선뜻 하겠다고 말 못했……"

"미쳤어요?"

"아, 미안."

"당장 하지."

"어?"

"계약 체중 몇 킬로?"

성주의 옆에 배를 깔고 누워 태블릿에 그림을 그리던 도연이 화면을 성주에게 보여주었다. 무언가의 도안이었다.

"플래카드 두 개를 약간, 거울상처럼 만드는 거예요. 그래서 누가 봐도 둘이 팀인 걸 알 수 있게끔."

문외한인 성주의 눈으로 보더라도 도안은 제법 멋졌다.

"저는 좋은데, 애린이 허락받고 해요."

"애린이야 선생님이랑 닮은 거면 다 좋아하잖아요."

성주는 도연의 목에 얼굴을 파묻었다. 목이 길어서 참 다행이야! 우리 관장님처럼 우락부락하고 목이 짧았으면 이런 기분은 느낄 수 없었겠지.

"언제까지 그럴지 몰라요. 요새 애들 사춘기 엄청 일찍 온단 말이에요."

"설마, 이제 겨우 2학년 되는데 너무 일찍 걱정하는 거 아니에요?"

아, 거기 쓰라리다고요! 성주가 비명을 지르자 도연이 두 손을 어깨 높이로 치켜들며 아, 미안해요, 미안해요, 하고 주워섬겼다. 그러더니 슬쩍 눈을 흘겼다.

"솔직히 말해요. 금요일에 저 몰래 뛰었죠?"

"안 뛰었어요."

"그런데 겨드랑이가 왜 이래요. 딱 보니까 최소 십오 킬로미터 뛰었어."

"아."

"솔직히 말해요."

"귀신이네."

"아, 같이 뛰자고 했잖아요!"

"십오 킬로미터 뛰면 삼촌님 저세상 가요. 욕심을 부릴 걸 부리라고요."

"아니, 그리고 칼로리를 태우고 싶으면 다른 운동도 있고……"

"뭐요? 뭐? 무슨 운동?"

"아니, 그러니까……"

"뭐?"

"그걸 꼭 말로 해야 알아요, 진짜?"

이런 대화까지는 애린이 알지 못해서, 종옥에게 일러바칠
수 없었다.

27

"와, 진짜……"

공항에서 고속버스에 시외버스에 시내버스까지 몇 번을 갈
아타곤 방금 도착한 남자가, 피곤한 기색도 없이 입이 찢어지
도록 웃음을 지었다.

"쟤가 내 딸이라고?"

"응, 형 딸이라고."

"완전 운동선수네?"

"꿈이 국대시란다."

좀 앉아서 보세요, 하고 인봉이 의자를 가져다주어도 남자
는 앉을 줄을 몰랐다. 관장님, 저 정말 우리 딸이 저렇게 뭘
열심히 하는 건 처음 봐요, 감사합니다, 하고 연신 허리를 숙

였다.

"아니 뭐……" 인봉이 머리를 긁었다. "애가 워낙 열심히 하고, 또 스펀지처럼 잘 흡수를 합니다. 아, 그리고 사실 제 덕이 아니고 저기 옆에서 맞아주고 있는 저 여자 있잖아요…… 저 사람이 다 한 거죠, 뭐."

"아아, 돌봄 쌤. 이야기 많이 들었어요, 애린이한테……"

"도연 씨한테는 안 들으셨고요?"

인봉은 말을 맺지 못하고 악! 소리를 냈다. 도연의 손가락이 언제 꼬집었냐는 듯 서둘러 인봉의 허리춤에서 멀어졌다.

성주는 땀에 흠뻑 젖어 남자와 처음 인사를 나누었다.

그날이 종옥이 땅에 머무는 마지막날이었다. 어른들을 따라 체육관을 나서다 말고 사무실에 들른 애린에게 종옥은 손을 흔들었다. 뭐라고 말해야 할지 몰라서, 아무 말도 하지 못했다. 그러자 애린은 말했다. 쌤이랑 저랑 둘 다 이길게요. 하나도 안 다치고 이기고 맛있는 거 먹을게요.

종옥으로서는 고개를 끄덕인 후 등을 돌려 정 사자를 따라 걷는 것밖에 할 수 있는 게 없었다. 눈물이 날 줄 알았는데, 이상하게 얼굴이 보송보송했다.

"안심해서 싹 풀어진 거잖아, 우리 할머니."

정 사자가 멋대로 분석하기에 엉덩이를 한 번 차주었을 뿐이었다.

◇

"야, 너 실력이 더 늘었다. 엄청 맛있네."

애린을 무릎에 앉힌 남자가 빵을 들고 말했다. 뜯어서 한입은 애린에게 주고, 한입은 자기가 먹고, 를 반복하고 있었다.

"오느라 힘들었지."

"말도 마. 버스 세 시간에 비행기 다섯 시간 타고, 다섯 시간 대기했다가 또 세 시간 타고."

"그래서 짐도 못 풀 것 같으시겠다?"

"야, 좀 천천히. 좀 봐줘라. 애린아, 삼촌이 아빠 보고 자꾸 뭐라고 한다. 때려줘."

그러자 애린이 말했다. 선수는 사람 함부로 때리는 거 아니야.

"허, 제대로 배웠네. 그래서 우리 딸은 대회가 언제라고?"

남자가 애린을 와락 부둥켜안고 한참 볼을 비비적댔다. 아, 따가워! 아! 애린이 소리를 질렀다. 아빠 좀 봐줘라, 비행기를 너무 오래 탔단 말이야. 남자가 말하더니 맞다, 하고 갑자기 고개를 들었다.

"까먹을 뻔했다."

손뼉까지 치면서.

"저번에 네가 문진 얘기 했잖아, 꿈에서 나왔다고. 내가 그래서 선물로 사 오려고 샅샅이 뒤졌는데, 폭포 근처 기념품 파는 곳 다 돌면서 아무리 찾아도 그때 그 문진이랑 똑같이 물방울 모양인 건 없더라고."

"그래? 아쉽네. 그거 갖고 싶었는데……"

"여자친구 주려고?"

"뭐래."

"척하면 척이지."

"몰라."

"나도 못 사다 줘서 아쉽다, 야. 그 기념품이란 게 또, 트렌드가 있거든. 요샌 피라미드 모양이 잘나가나봐? 어쨌든 피라미드 모양으로 몇 개 사 오긴 했어."

그러더니 일어나서 손님방으로 들어갔다. 손님방에 놓인 커다란 캐리어의 지퍼를 부욱, 하고 여는 소리가 나더니 곧 남자가 손에 문진 몇 개를 들고 문턱을 넘었다.

"내가 보기엔 이번에 산 것도 충분히 예쁘긴 한데, 혹시 몰라서 원조도 가져왔다. 네 형수랑 샀던 거, 물방울 모양. 비교

해봐."

애린이 자리에서 벌떡 일어났다. 옷자락에 흘렸던 빵부스러기가 우수수 바닥으로 떨어졌다.

에필로그

"아니, 이제 초등학교 2학년 올라가는 남자애가 뭘 먹고 저렇게 키가 커?"

의자에 거꾸로 앉아 등받이에 두 팔을 올린 성주가 계속해서 애린의 상대가 있는 쪽을 흘끔거렸다. 도연은 숨을 쌕쌕 몰아쉬며 손톱을 물어뜯고 있었다. 성주의 맨주먹에 프로 시합용 밴디지를 테이핑해주던 인봉은 손을 벌벌 떨더니 몇 번이고 실수를 해서 테이프를 다시 뜯어야 했다. 살갗에서 짝, 짝 소리를 내며 테이프가 떨어져 나갈 때마다 성주가 비명을 지르며 인봉을 타박했다.

"아니, 나도 떨려서 그러지⋯⋯"

"나랑 둘이서 시합할 땐 한 번도 안 이랬잖아요."

"어린애를 데리고 나오는 건 처음이니까……"

멀쩡한 건 애린뿐이었다. 애린은 혼자서 실컷 줄넘기를 하고, 섀도를 하고, 여기저기 기웃거리며 다른 체육관 사람들을 구경하기도 했다. 누가 보면 얼굴이 새하얗게 질린 도연이 시합을 하고 애린은 구경을 온 줄 알 것이었다.

"어째 순서도 그렇게 딱 붙었냐 이 말이야, 신경 쓰이게…… 주최측이 이렇게 사려 깊지 못해서야……"

인봉이 중얼거렸다. 애린의 데뷔 경기는 열두 번째였다. 그리고 열세 번째가 성주의 자선 시범 경기였다. 인봉은 첫 출전인 애린을 신경쓰느라 성주가 몸 풀고 링에 오를 준비를 하는 걸 제대로 챙겨주지 못할 게 분명했다.

"다 됐다."

인봉이 말하며 손바닥을 탁탁 털었다. 성주가 애린을 불렀다. 주먹을 내밀고는 말했다. "만져봐, 애린아. 네가 하는 밴디지랑은 완전 달라."

"와! 진짜 딱딱하다!"

"이게 프로 시합용 밴디지야."

"근데 이거 벗을 수 있어요?"

"다 끝나고 가위로 자르는 거야. 애린이도 저번에 관장님이 보여주신 사진 봤지? 자른 다음 사인하는 거."

"아아, 기억난다!" 애린은 성주의 주먹에서 눈을 못 뗐다. 연신 팔랑거리던 발도 멈춰 섰다. "와아, 나도 진짜 이거 해보고 싶다. 이거 자르고 쌤 사인 해서 저 주면 안 돼요?"

맞다, 잠시 기억에서 희미해졌던 예전 일이 퍼뜩 생각나 성주는 그만 잠깐 웃었다. 어떻게 트로피 사건을 까맣게 잊고 있었지? 아마도, 체육관 사무실 한구석을 벌써 반년 넘게 차지한 그 목 잘린 트로피가 이젠 그저 정물같이 느껴지기 때문일지도 모른다. 그러고 보니, 선수 하고 싶다고 그 트로피를 슬쩍한 아이였다. 가위로 자른 프로 시합용 밴디지를 탐내는 게 당연했다.

"오케이. 애린이 오늘 시합 끝나면 데뷔 축하 선물로 줄게."

성주가 말하자 애린은 고개를 저었다.

"아니요."

"어?"

"저 지면 주지 말고요, 이기면 상으로 주세요. 이길 거니까."

성주는 인봉을, 그다음으로는 도연을 각각 돌아보았다. 이게 무슨 말이야? 실은 애린 몰래 어른들끼리 진지한 합의를 거친 뒤였다. 절대로 애린에게 이기라는 말을 하지 말자, 이기든 지든 잘했다고 해주자, 어차피 첫 시합이고 상대는 남자앤데 링에 오르는 것 자체가 대견한 일이다, 부담 주지 말자…… 애

258

린이 행여나 다칠까 전전긍긍하는 도연은 물론이고 인봉까지 약속을 마쳤다.

그러나 애린은, 물론 어른들의 작당 모의에 대해서는 들은 바가 없겠지만, 생각이 백팔십도 다른 모양이었다.

"이길 거니까 잘 봐요, 쌤!"

그러고는 덧붙였다.

"쌤은 무조건 이길 거니까 저도 이겨야 안 챙피하잖아요."

성주는 혼자 몸을 풀면서, 어른의 눈엔 아장아장, 으로 보이지만 제 딴에는 성큼성큼, 일 보폭으로 체육관의 것보다 훨씬 넓은 정규 링에 오르는 애린을 보았다. 인봉은 링에 들어선 애린의 옆에서 몸을 흔들며 이런저런 지시 사항을 내렸고, 도연은 링 아래에서 경기를 녹화하기 위해 핸드폰을 들고 있었는데, 손이 떨리는 모습을 보아하니 삼각대를 사줄 걸, 하는 후회를 잠시 했다. 도연의 옆에 가서 실컷 놀리고 싶었지만 성주 자신도 경기가 코앞이었다.

타임 벨이 울렸다. 애린이 왼손을 내밀면서 저보다 한 뼘은 큰 남자애에게 다가섰다. 남자애가 주먹을 뻗었지만 백스텝을 밟으며 피하고서는 페이크를 걸더니 바로 냅다 훅을 갈겼다. 인봉이 박수를 치며 환호하는 소리가 들렸다. 성주는 도연

쪽을 빠르게 돌아보았다. 땀을 흘리고 있었다. 이 추운 2월에.

한 이십 초 정도를 더 본 후 성주는 속으로 문장 하나를 곱씹을 수밖에 없었다. 그 문장이 자신의 것이 아니라 불과 몇십 분 전 어느 초등학생이 했던 말의 반전이란 건 알아차리지 못했지만.

큰일났네. 애린이가 무조건 이길 건데 나도 이겨야 안 창피하겠네.

성주는 상대에게 스탠딩 다운을 먹이곤 중립 코너에 가서 환하게 웃는 애린을 보았다. 애린이 성주에게 글러브 낀 왼손을 흔들었다.

성주는 양손을 흔들어주었다.

작가의 말

이 소설은 모조리 남이 써준 것이다.

하나. 나의 엄마는 '초등 방과후 보육 프로그램'이라는 이름으로 2006년 처음 돌봄 교실이 시행된 이래 지금까지 계속 돌봄 교사로 일하고 있다. 처우 개선을 위해 교장실의 문도 엄청 두드렸고 노조도 가입했고 데모에도 가다가 나중엔 어디 커다란 광장에서 마이크를 잡기도 하고, 그랬다. 본가에 가면 엄마가 내게 하는 말의 팔 할 정도는 올해 돌봄 교실에 들어온 애들 얘기고, 엄마 핸드폰엔 그 애들 사진밖에 없다. 이미 음침해져버린 삼십대 딸한테는 관심의 스위치를 꺼버린 지 오래다. 나를 그렇게 사려 깊게 키웠으면 좀 좋아? 어쨌든 엄마가 그 오랜 시간을 돌봄 교사로 일하지 않았다면, 그리고 귀를 반쯤 막은 내게 지치지도 않고 돌봄 교실 이야길 계속해서 늘어놓지 않았다면 이 글은 절대 나올 수 없었을 테다.

하나. 빵을 구워서 나눠주는 캐릭터는 내 동생에게서 나왔다. 소개팅 애프터 자리에 커다란 딸기타르트를 구워 들고 온 남자에게 빠져 득달같이 결혼한 동생은 이제 그 남자보다 더 베이킹을 좋아하는 사람이 되었다. 동생네 집에 놀러가면 무조건 동생이 만든 빵을 종류별로 먹어야 한다. 소설에서 도연이 '패닝'에 대해 설명하는 대사는 내 동생이 실제로 내게 했던 말이다. 소설에 쓸 수 있게 허락해준 동생에게 맛난 밥을 사주기로 했다. 동생의 성격으로 미루어 보건대 제대로 얻어먹을 거라 마음의 준비를 단단히 해야 한다.

하나. 2014년에 복싱을 시작하여 이제 구 년 차가 되었는데, 그 오랜 세월 동안 만난 여러 관장님과 선수님들, 회원님들의 조각조각이 인봉의 체육관에 들어차 있다. 특히 애린과 도연은 각각 모델이 존재한다. 아쉽게도 도연의 모델(머리 스타일과 마른 몸 정도를 따 왔다. 운동신경은 좋으셨다)이 된 회원님은 더이상 체육관에 다니시지 않는다. 그러나 애린의 모델(야무진 성격과 복싱 재능을 슬쩍 빌려 왔다)은 여전히 꼬박꼬박 출석하고, 복싱을 좋아한다. 관장님의 탐욕스러운 눈길을 받으며 무럭무럭 크는 중이다. 사실 복싱을 소재로 써먹는 책을 낼 때마다 '진짜 복싱 얘기 다신 안 써!'라고 다짐하면서도 번복하게 되는 이유는 결국 그게 내 삶의 가장 큰 부분이기 때문이다. 그래서 당연히, 복싱을 놓지 않게 해주는 스승님들께도 잘해야 하는데 스파링할 때마다 혼만 난다.

하나. '자꾸 빵을 구워 오는 지인 때문에 짜증이 난 프로 복서'라는 아이템 한 줄 외엔 아무 아이디어 없이 미팅 장소에 도착했던 날 자이언트북스의 한주희 선생님께서 이런 말씀을 하셨다. "작가님, 근데 뭔가 환상적인 요소가 살짝 들어가 있으면 좋겠어요!" 그 한 문장을 마음에 품고 집에 돌아와 술이나 마시는데 똑똑, 하는 노크 소리가 났다. 누가 왔나 문짝을 열어봤더니 종옥이었다. 그러니 한주희 선생님께서 종옥을 불러오신 것이 분명하다. 책임 편집을 맡아주신 황예인 선생님……제가 자꾸 이런 말을 해서 부담스러우시겠지만 저는 꿋꿋합니다…… 창작자 이전에 한국문학을 오래 사랑해온 독자로서, 작업하는 내내 "황 선생님이 내 책을 편집한다!"란 사실에 거의 반쯤 돌아 있었다. 신묘함의 경지에 오른 문답을 통해 보잘것없던 초고를 단단하게 만들어주신 것에 깊은 감사를 전한다.

내가 한 건 뭐냐?
모르겠다……

윤단비 ◇ 〈남매의 여름밤〉 영화감독

작가가 그려낸 이 책 속의 인물들은 결함이 있을지언정 하나같이 따뜻하고 씩씩하다. 각자의 절박함 속에서도 인물들은 융통성을 잃지 않고 나아간다. 성주는 복싱에 매달려 체중 조절 압박을 느끼면서도 도연이 갓 구워낸 빵을 먹고 그만큼 더 달리는 것을 택하고, 호상이라고는 하지만 하나뿐인 손녀 성주 걱정에 이승에 남은 종옥이 깃든 곳도 하필이면 그토록 만류했던 성주의 복싱 트로피다. 그들은 냉정한 거절로 자신의 고집을 공고히 하지 않고, 상대방이 좋아하는 것에 스며든다. 이 소설을 읽으면 항만군에 가서 자전거 폐달을 실컷 밟고 싶어진다. 왠지 그곳에선 이슬에 젖은 풀 냄새와 갓 구운 빵의 냄새, 복싱 글러브의 인조 가죽 냄새가 어우러져 육체도 정신도 건강한 사람으로 탈바꿈시켜줄 것만 같다. 작가는 인물들을 슬픔에 잠기게 하는 대신 슬픔을 땀으로 배출시켜낸다. 그래서 책을 다 읽고 나면 섣부른 동정이나 아픔 대신 다정한 씩씩함이 마음의 빈 공간 하나를 채워준다. 이 다정한 씩씩함으로 우리는 과거에서 한발 더 앞으로 나아갈 수 있다.

이다혜 ◇ 작가

돌봄이라 쓰고 애정이라 읽는다. 설재인 작가의 소설을 읽으며 기분 좋은 두근거림을 느꼈다. 『내가 너에게 가면』을 읽으면 작가가 만들어낸 세계인 항만군에 살며 주인공들과 친구가 되고 싶어진다. 친구의 손녀를 살뜰하게 돌본 종옥, 원칙을 절대 거스르지 않는 복서 겸 돌봄 교사 성주, 만우절에 태어난 성주 바라기 애린, 귀신 이야기를 만드는 애린의 삼촌 도연. 첫눈에 반한 사람들이 모여 사는 이야기에 빠져드는 것은 소설 읽기를 사랑하는 독자의 크나큰 즐거움. 작가가 복싱 구 년 차라는 깨알같은 정보에 더해, 소설 속 설정과 캐릭터들이 누구로부터 어떤 연유로 비롯되었는지가 적힌 작가의 말까지 접하고 나면 소설 속 세계의 건강함이 결국은 소설을 쓴 작가의 건강함으로부터 온 것이겠다 싶다. 서로에게 어깨를 내어주는 동시에 상대에게 의지할 줄도 아는 이들이 만들어가는 산뜻한 소설. 영상화되어도 무척 즐겁게 볼 이야기다.

유지현 ◇ 〈책방 사춘기〉 대표

죽음과 상실에서 시작된 이야기는 새로운 만남과 사랑으로 이어진다. 누구도 머무르지 않고 계속해서 앞으로 나아가려는 그 씩씩함이 좋았다. 링 위에서 부딪쳐봐야 승부의 결과를 예측할 수 있는 것처럼, 나조차도 알 수 없는 마음 역시 부딪쳐봐야 알 수 있는 것이다. 그리하여 성주와 애린, 두 주인공들은 누군가로부터 구해지길 기다리는 아름다운 공주가 아니라 링 위에 오르는 '아주 쎈 공주'가 되어 자신들의 삶을 용감하게 구해낸다. 누군가를 돌보는 일은, 결국 자신을 돌아보는 일이기도 하다는 걸 다시금 깨닫는다. 그런 보살핌의 마음에는 크고 작음이 없다. 끝끝내 떠나지 못하는 마음, 스스로를 지키기 위한 고집스러운 마음, 작은 호의에도 흔들리는 마음, 조금씩 다가가고자 용기 내는 마음은 모두 비슷하다. 혈연, 나이, 시간 같은 관념에서 벗어나 돌봄을 새롭게 바라보는 이야기라 좋았다. 그리하여 이 소설은 보살핌이 누군가를 향한 짝사랑처럼 가닿는 게 아니라 서로의 마음이 마주하는 사랑의 가치임을 증명해낸다. 세계를 견고하게 만들고 끝없이 성장해나갈 다양한 사랑의 모양을 보여줌으로써 말이다. 어른이 되어서도 필요한 말, "너의 든든한 아군이 되어주겠다"는 상냥한 의지처럼 이 소설은 다정하게 우리를 보살필 응원이 되어줄 것이다.

설재인 장편소설

내가 너에게 가면

ⓒ 설재인

초판 1쇄 인쇄   2022년 10월 18일
초판 3쇄 발행   2022년 11월 20일

지은이	설재인
펴낸이	지영주
편 집	황예인 한수림
표지 일러스트	최명미
디자인	*Desig* 신정난
마케팅	김채린 한주희 정지혜
경영지원	백종임 김은선

펴낸곳	㈜자이언트북스
출판등록	2019년 5월 10일 제2019-000085호
주소	경기도 고양시 덕양구 덕은1로 5 2층
전화	070-7770-8838
팩스	02-3158-5321
홈페이지	www.giantbooks.co.kr
전자우편	books@giantbooks.co.kr
인스타그램	https://www.instagram.com/giantbooks_official/
ISBN	979-11-91824-15-5 (03810)